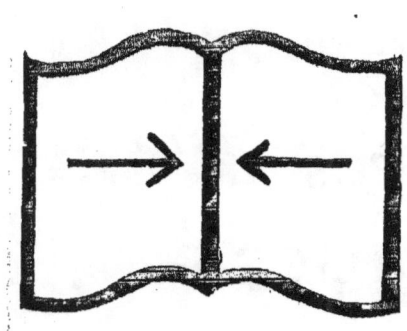

RELIURE SERREE
Absence de marges
intérieures

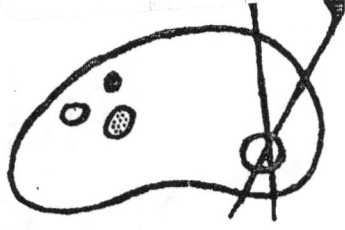

Début d'une série de documents
en couleur

VALABLE POUR TOUT OU PARTIE DU
DOCUMENT REPRODUIT

LÉO TRÉZENIK ET WILLY

Histoires
Normandes

PRÉCÉDÉES D'UNE LETTRE

À

DUGUÉ DE LA FAUCONNERIE

PARIS

PAUL OLLENDORFF, ÉDITEUR

28 *bis*, RUE DE RICHELIEU, 28 *bis*

—

1891

LIBRAIRIE PAUL OLLENDORFF

28 bis, Rue de Richelieu, Paris

Collection grand in-18 à 3 fr. 50 le volume.

ALLARD (Léon). — Les Vies inutiles. (Ouvr. couronné par l'Acad. française).

BERGERAT (Émile). — Le Faublas malgré lui. — Le Viol. — Le Petit Moreau.

BONNIÈRES (Robert de). — Mémoires d'Aujourd'hui. (1re, 2e et 3e séries). — Les Monach. — Jeanne Avril. — Le Baiser de Maïna. — Le petit Margemont.

CAHU (Théodore). — Chez les Allemands. — Petits Patins militaires. — Pardonnée?

CARETTE (Mme A.). — Souvenirs intimes de la Cour des Tuileries. (1re et 2e séries).

CAROL (Jean). — L'Honneur est sauf.

CATULLE MENDÈS. — Les Boudoirs de Verre. — Pour lire au Bain. Personnes. — L'Envers des Feuilles. — La Princesse nue.

CHAMPSAUR (Fél.). — Dinah Samuel.

CLAVEAU (A.). — Contre le flot. (Ouvr. couronné par l'Académie française.)

DARIMON (Alfred). — L'Agonie de l'Empire.

DELPIT (Albert). — Le Fils de Coralie. — Le Mariage d'Odette. — La Marquise. — Le Père de Martial. — Les Amours cruelles. — Solange de Croix-Saint-Luc. — Mlle de Brevister. — Thérésine. — Disparu. — Passionnément. — Comme dans la Vie. — Toutes les deux.

DURUY (George). — Fin de Rêve.

GAGNIÈRE (A.). — Les Confessions d'une Abbesse du XVIe siècle.

GANDILLOT (Léon). — Les Filles de Jean-de-Nivelle. — De Fil en Aiguille. — Bonheur à quatre.

GAULOT (Paul). — Mlle de Poncin. — Le Mariage de Jules Lavernat. — L'Illustre Casaubon. — Un Complot sous la Terreur. (Ouvrage couronné par l'Académie française.) — Rêve d'Empire. — L'Empire de Maximilien. — Fin d'Empire.

GOUDEAU (Émile). — Le Froc.

GUINON (Albert). — La Rupture de Jean.

HÉRISSON (Cte d'). — Journal d'un Officier d'ordonnance. — Journal d'un Interprète en Chine. — Le Cabinet noir. — La Légende de Metz. — Autour d'une Révolution. — Nouveau Journal d'un Officier d'ordonnance. — Journal de la Campagne d'Italie. — Un Drame royal. — Le Prince Impérial. — La Chasse à l'Homme.

KÉRATRY (Comte E. de). — A Travers le Passé.

LAUNAY (de). — Les Demoiselles Sévellec. — Discipline. (Ouvrage couronné par l'Académie française.

LOCKROY (Éd.). — Ahmed le Boucher.

MAIRET (Jeanne). — Peine perdue. — Ariste.

MAIZEROY (René). — Bébé Million. — La Belle.

MARNI (J.). — La Femme de Silva. — Amour coupable.

MAUPASSANT (Guy de). — Les Sœurs Rondoli. — Monsieur Parent. — Le Horla. — Pierre et Jean. — Clair de Lune. — La Main gauche. — Fort comme la mort. — La Vie errante. — Notre Cœur. — La Maison Tellier.

MIRBEAU (Octave). — Le Calvaire. — L'Abbé Jules.

MONIN (Doct. E.). — Misères nerveuses.

MONTJOYEUX. — Les Femmes de Paris.

OHNET (Georges). — Serge Panine. — (Ouvrage couronné par l'Académie française). Le Maître de Forges. — La comtesse Sarah. — Lise Fleuron. — La Grande Marnière. — Les Dames de Croix-Mort. — Noir et Rose. — Volonté. — Le Docteur Rameau. — Dernier Amour. — L'Âme de Pierre. — Dette de Haine.

PÈNE (Henry de). — Trop Belle. (Ouvrage couronné par l'Académie française. — Née Michon. — Demi-Crimes.

PERRET (Paul). — Sœur Sainte-Agnès. — Les Filles Mauvoisin.

PERRIN (Jules). — Le Canon.

PRADEL (G.). — La Faute de Mme Bucières. — Les Baisers du Monstre. — Montalègre.

RAMEAU (Jean). — Fantasmagories. — Le Satyre. — Possédée d'amour.

RZEWUSKI (Cte St.). — Alfrédine.

SARCEY. — Le Mot et la Chose. — Souvenirs de Jeunesse.

SILVESTRE (Armand). — Les Farces de mon ami Jacques. — Les Malheurs du Commandant Laripète. — Les Veillées de Saint-Pantaléon.

THEURIET (André). — La Maison des Deux Barbeaux. — Les Mauvais Ménages. — Sauvageonne. — Michel Verneuil. — Eusèbe Lombard. — Au Paradis des Enfants.

TREZENIK (Léo). — Confession d'un Fou.

UCHARD (Mario). — Mon Oncle Barbassou. — Joconde Berthier. — Mademoiselle Blaisot. — Inès Jacker. — La Buveuse de Perles. — L'Étoile de Jean.

VALLADY (Mat.). — Filles d'Allemagne. — France et Allemagne : les Deux Races.

VAUDÈRE (J. de la). — Mortelle étreinte.

VILLEHERVÉ (Robert de la) et MILLET (George). — La Princesse pâle.

Paris. — Typ. Chamerot et Renouard, 19, rue des Saints-Pères. — 27656

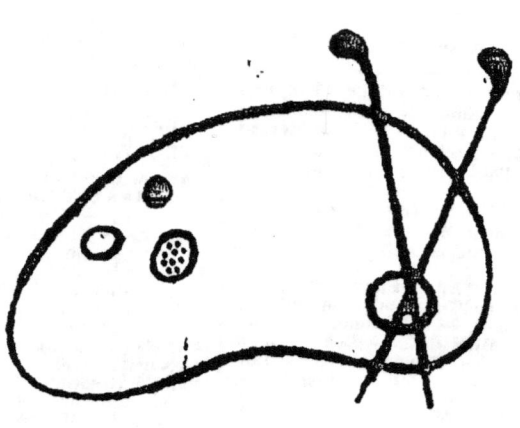

Fin d'une série de documents
en couleur

HISTOIRES

NORMANDES

ŒUVRES DE LÉO TREZENIK

L'abbé Coqueluche, roman de mœurs percheronnes (faisant suite au *Gars faignant* des HISTOIRES NORMANDES).

La Confession d'un fou, essai de psychologie morbide.

Le Magot de l'oncle Cyrille, roman de mœurs percheronnes.

EN PRÉPARATION :

Un Cœur d'homme, roman.

THÉATRE

L'abbé Coqueluche, drame en quatre tableaux, en collaboration avec MM. Pierre SOULAINE et Émile GRISEL.

Le Meilleur Parti, comédie en trois actes.

1111. — Abbeville, typ. et stér. A. Retaux. — 1891.

LÉO TRÉZENIK ET WILLY

HISTOIRES
NORMANDES

PARIS

PAUL OLLENDORFF, ÉDITEUR

28 bis, RUE DE RICHELIEU, 28 bis

1891

Tous droits réservés.

A DUGUÉ DE LA FAUCONNERIE

Si j'ai songé, Monsieur, à vous prier
d'accepter la dédicace de ce volume « d'Histoires normandes» qu'il eût fallu, peut-être,
pour plus d'exactitude, qualifier de percheronnes, ce n'est point, vous le savez,
que quelque motif de relations personnelles
m'y déterminât. Je crois bien, en vérité,
que vous ne m'avez jamais vu, quoique vous
ayez, de tout temps, choisi pour votre esti-
vale villégiature mon Regmalard natal, et,

quoique, même, les modestes paulownias de ma famille soient si voisins de vos fières futaies qu'il suffit quasi aux pinsons de la « Butte » d'un coup d'aile par-dessus les aulnes de l'Huisne et les acacias de la route de Verrières pour aller rendre visite aux faisans dorés de la « Fauconnerie ».

Ma raison? La voici. C'est par souci — un souci qui vous semblera peut-être exagéré — de la couleur locale; c'est parce que vous êtes, Monsieur, non seulement l'homme le plus et le mieux connu du Perche, et qui le connaissez le mieux, mais parce que vous êtes — et vous vous glorifiez d'être, en dépit des faciles brocards que vous attira cette crâne attitude — LE PERCHERON par excellence.

Ce n'est donc — je tiens à y insister — ni au député célèbre, ni au polémiste indépendant des Lettres d'un sauvage et de

tant d'articles verveux frappés au coin de
la sincérité narquoise, mais simplement au
compatriote sans épithète, que je désire offrir
ces « histoires », écrites dans la seule préoccupation de présenter aux lecteurs, un peu
rebattus de psychologie et de physiologie
parisienne, quelques notations sur les gens
et les choses de notre chère petite province.

Que si, par aventure, vous vous étonniez,
Monsieur, de voir, à côté du nom d'un rural
avéré comme moi, le nom de Willy, assez
généralement connu pour s'intéresser da-
vantage, et avec la compétence que vous
savez, aux dessous du théâtre et à l'envers du
Boulevard, je vous confesserai que mon col-
laborateur fait ici ses débuts dans la litté-
rature de terroir, à quoi d'ailleurs le
prédisposait irrésistiblement sa précieuse
qualité de jurassien de naissance retourné à
la curiosité des choses paysannes par écœu-

rement de l'éternel et monotone ragoût de
parisine pimentée, trop généreusement servi
à leur clientèle par nos maîtres-queux litté-
raires. Et je vous avouerai, pour tout dire,
que, les nouvelles qu'il a écrites, telles que
la Solognotte, la Confession du maître
Rotrou, la Sacoche, nous les avons docu-
mentées ensemble, l'été dernier, le |long de
nos petits chemins verts et de nos moissons
dorées.

Et maintenant il ne me reste plus,
Monsieur, qu'à vous prier d'agréer l'assu-
rance de mes sentiments les plus distingués.

LÉO TRÉZENIK.

Mai 1891.

LE GARS FAIGNANT

A M. E. VIMONT
Fondateur de la Société astronomique d'Argentan.

1

LE GARS FAIGNANT

Lorsqu'on remonte l'Huisne, en amont
de Moutiers, cette blanche et sereine bourgade percheronne assise à mi-côte, la tête
enguirlandée de forêts et les pieds sur la
peluche fine de ses prés verts ; lorsqu'on
suit les bords agrestes de la jolie rivière,
fleurie du vol des libellules et des martins-
pêcheurs et ombragée de la chevelure
blonde des aubiers, après avoir longé les
quelques maisons du hameau de Bêlou

dont les potagers baignent dans le courant
clair les racines de leurs haies vives, on
découvre tout à coup, à un coude subit de
la rivière, la haute roue, entr'aperçue dans
le feuillage, d'un plaisant moulin à farine, dont les détails, à mesure qu'on
approche, surgissent peu à peu, tuile à
tuile, moellon à moellon, du fouillis de
verdure au sein duquel il est tapi.

L'Huisne se bifurque près du moulin,
enserrant entre ses deux bras une
coquette petite île, herbue et verte, à qui
des aulnes touffus et de hauts peupliers
font une ceinture d'ombre impénétrable.
De chaque côté, des prés s'étendent, où
somnolent, accroupies dans l'herbe grasse,
des vaches rousses, aux pis énormes,
débordant de lait.

C'est le moulin de Marinbère, dont les
bluteaux tictaquent depuis près d'un siècle
dans cette ombre et dans cette paix, accom-
pagnés du ronron gigantesque de la roue
barbotant dans l'eau blanche des vannes.

Entré à Marinbère comme berger, à huit ans, avec, pour gages, une paire de sabots annuelle, Barnabé Brunetère, l'aïeul du héros de cette histoire, épousait à vingt-sept ans, une fois libéré du service, une Percheronne râblée et solide comme lui, et prenait le moulin à bail.

Trente ans après, ses affaires prospéraient si bien qu'il trouvait moyen d'aligner chez le notaire de Moutiers quatre mille beaux écus, sonnant clair, apportés de grand matin, à dos de mulet, et d'acquérir le moulin ; quatre mille écus amassés un à un, patiemment, par le rude paysan, dur à la fatigue, âpre au travail, levé à trois heures l'été, à cinq l'hiver, sans un jour de repos, sans que son moulin suspendît une seule minute son tic-tac vaillant, sans que, une seule minute, s'arrêtât de tourner la roue.

Les deux fils que Barnabé Brunetère avait eus de sa femme allèrent à l'école

tout juste assez de temps pour savoir lire,
calculer et écrire un peu. Aussi n'eurent-
ils d'autre ambition que de continuer l'œu-
vre du père.

A la mort de ce dernier, au lieu de
couper l'héritage en deux et de tirer à hue
et à dia, ils restèrent ensemble. Louis, qui
était le *moulant* du temps de son père,
continua de s'occuper exclusivement du
moulin. Il s'ingénia à introduire les modi-
fications nécessaires, à apporter les derniers perfectionnements dans le mécanisme,
afin de produire de la farine assez blanche
pour être vendue à Paris.

Jacques consacra tous ses soins à la
ferme, que le père, peu à peu, y ajoutant
un « boisseau » de terre par ci, un arpent
de pré par là, avait considérablement
agrandie. Il y eut bientôt une ferme complète à côté du moulin. Une ferme qui
avait sa fermière. Car Jacques, harcelé
par son frère, s'était marié. Louis voulait, lui, rester célibataire.

— J'ai-t-y le temps, objectait-il, de conter des gaudrioles à une fumelle. Et pis, y a-t-y pas assez d'une femme icite? L'aut'e, quai c'est qu'é f'rait, j'me demande un peu; j'ai point besoin d'une femme pour bluter ma farine, j'la bluterai ben tout scû. Tandis qu'faut ben quéqu'un pour nous faire la soupe, parguié!

La fermière, en effet, trouva amplement de quoi s'occuper avec sa basse-cour, ses vaches, son beurre, ses fromages.

C'était une belle fille que la maîtresse Brunetère, un tantinet faraude même, et se « reparlant » un peu, mais ne boudant pas à l'ouvrage, et tenant à l'occasion son bout d'un sac de blé.

Le jeune ménage resta cinq ans sans avoir d'enfants, au grand déplaisir de Louis qui les plaisantait souvent.

— Eh! ben voyons, à quoi donc qu'vous passez vout'e temps? N'en v'la des amoureux d'quat'e sous! J'avons pourtant besoin d'un moulant, y a pas à dire. C'est qu'je n'sais p'us mè jeune !...

On appelle « moulant », dans le Perche, le bras droit du meunier, l'aide compétent qui s'occupe effectivement du moulin, qui vit à côté de ses meules, poudrerizé de farine, toujours prêt à répondre à l'appel de la sonnette qui l'avertit quand la mâchoire de granit mâche à vide.

Le moulant, c'est le prote du moulin.

Enfin, tout de même, il fallut un soir courir à Moutiers chercher le médecin.

— C'est un garçon, déclara l'accoucheur deux ou trois heures après.

— Enfin, le v'là donc, mon moulant, s'écria joyeusement l'oncle Louis. Vous y avez mis le temps. Mais vingt-cinq bons sangs ! vous avez aussi bien fait, pasque vous l'avez réussi, nom dé d'là !

Au bout de deux ans, la maîtresse Brunetère accouchait d'une fille.

— Eh bien ! dis donc, en a-t-y eune

veine, nout'e moulant, remarqua l'oncle
Louis, v'là qu'y y'arrive quéqu'un pour y
faire la soupe ! Y n'aura pas besoin itou de
se marier.

La maîtresse Brunetère tint essentielle-
ment à ce qu'Émile et Cécile allassent à
l'école à Moutiers, où, disait-elle, les
enfants étaient mieux « montrés ».

Les deux pensions de garçons et de
filles étaient plus « conséquentes » qu'à
Bélou, le village proche d'où dépendait
Marinbère. Les enfants pouvaient même y
faire de très suffisantes classes de français;
l'institution Nouvel et les sœurs du Cœur-
Bleu poussaient chaque année trois ou
quatre élèves jusqu'au brevet.

— Dis-mon, le mait'e, insinua la fermière, en dînant — un lundi soir qu'elle
avait été, comme de coutume, porter son
beurre et ses œufs au marché, assise, sa
robe bien étalée, sur la *bâquière* de son

1.

bourricot — dis-mon, le mait'e d'école m'a dit que le petit gas apprenait bien...

— Eh ben ! tant mieux, répondit le fermier.

— Le mait'e d'école y m'a dit itou qu'on ferait ben de l'pousser... qu'y mordrait p't'êt'e ben au latin.

— Au latin ! interrompit l'oncle tout à coup, y a pas besoin d'latin pour faire d'la farine.

La fermière continua, sans relever la réflexion du meunier.

— Le mait'e d'école y m'a dit que l'petit gas ferait p't'êt'e ben un curé.

Les deux hommes s'exclamèrent en même temps :

— Un curé !

Puis, il y eut un silence.

— Un métier de faignant, maugréa le meunier.

— Qui qu'c'est qui ferait tourner le moulin quand j'serions pus là ? fit pensivement le père.

Émile Brunetère allait sur ses huit ans, l'âge qu'avait le grand-père, le rude Percheron mort à la peine avant que ses cheveux soient blancs, quand il était entré à Marinbère comme berger, pour une paire de sabots.

C'était un joli et frais gamin, à la mine éveillée, aux grands yeux bleus expressifs et doux.

Le curé de Bélou s'offrit pour lui « commencer le latin ». Il dit :

— Je le mènerai jusqu'en quatrième en une couple d'années, pour peu que le mioche trouve le latin de son goût.

Il parait qu'Emile trouva ça de son goût, car deux ans après, il entrait en effet dans la classe de quatrième du petit séminaire de Séez.

Ah ! ça n'avait pas été sans peine.

Le père et l'oncle, l'oncle surtout, s'étaient difficilement résignés à ce que le

« petit gars » fit autre chose qu'un meunier.
Mais là mère d'un côté, le curé de l'autre
avec l'instituteur, avaient tenu bon. Ils
avaient fait vibrer toutes les cordes. Le
garçon était délicat. Il fallait avoir la poitrine robuste pour vivre toujours dans la
farine.

— Puis avec ça que les affaires sont si
fameuses, reprenait la mère. Le beurre ne
vaut plus que quinze sous et les poulets ne
se vendent point. V'là trois fois que Jacques
mène sa grande vache, la Bringelée, à la
foire, et la ramène. La farine ne part point.
C'est pas en ne fournissant qu'aux boulan-
gers du pays qu'on pourra gagner des mille
et des cents. Vous avez tâté de Paris.
Ah ! ben oui ! Ils ont la gueule fine, les gars
d'Parisiens, y leu'faut d'la fine fleur, d'la
farine blanche comme du lait, et nos outil-
lages ne peuvent pas y arriver.

— C'est vrai, c'qu'ai dit là, confessa
Jacques.

— Au jour d'aujourd'hui, voyez-vous,

quand on arrive à mettre bout à bout, faut
pas trop crier misère.

Et Émile partit pour Séez, sans enthousiasme comme sans chagrin.

C'était une nature calme, placide, con-
templative, à qui répugnait toute violence,
à qui l'action était douloureuse. Tout petit,
sa suprême joie était de s'en aller garder
les moutons dans la grande pièce que les
Brunetère louaient au versant du côteau
voisin, à un kilomètre de la ferme.

Il partait dès patron-minette, avec son
déjeuner dans son petit panier, et restait là
jusqu'à la *nuitant* à rêvasser dans un coin
d'ombre, son chien à ses pieds.

Il souffrit un peu lorsqu'on parla de
l'envoyer à l'école, à la pensée que c'en
était fait de ses bonnes journées de paresse
rêveuse, mais il se consola en réfléchissant
que le mauvais temps allait venir, que les
moutons restent à la crèche l'hiver, qu'il
n'y aurait plus de flâne possible par les

grands champs, et qu'il lui faudrait aider l'oncle au moulin.

Il se plut à l'école, où, sans exiger de lui aucun travail matériel, on ne lui demandait que de rester bien sage, assis sur un banc, à écouter. Et comme il avait l'intelligence très ouverte, il s'initia très vite aux ba-be-bi-bo-bu et aux leçons de choses, émerveillant son professeur par sa vivacité d'esprit, au point que celui-ci prit sur lui d'engager les parents à le lancer dans le latin.

Le latin avait été sur le point de le rebuter, à cause de celui qui le lui enseignait. Le curé de Bélou, tout jeune, très vif, manquait de patience. A chaque contre sens que faisait l'enfant, en traduisant l'*Epitome historiæ sacræ*, debout devant le prêtre allongé dans son fauteuil de cuir, ce dernier le remettait dans le droit chemin d'une calotte leste. Et si Émile, par un mouvement brusque, parvenait à se garer de la calotte, ce n'était que pour retomber sur la pointe du soulier du curé, qui l'atteignait au bon endroit.

Ces façons le froissèrent, et son application s'en ressentit dans les premiers temps. Car l'attention de l'enfant se partageait; un quart tout au plus s'employait à pénétrer le sens de la phrase latine, tandis que les trois autres quarts se transmuaient en préoccupations, s'embusquant à guetter la calotte attendue ou la chaussure fatale.

Le prêtre s'en aperçut et changea de tactique. Une fois le soulier en place et les calottes supprimées, les progrès de l'enfant furent rapides. Aussi, à Séez, arriva-t-il en tête de sa classe. Et il y resta.

A chaque vacance, alors qu'il promenait à travers le moulin, désœuvré et désorienté, sa longue lévite noire dont les coudes et les épaules se maculaient çà et là de farine, son oncle Louis lui disait,

toujours gouailleur et toujours gardant au
fond du cœur l'espoir que le petit gas
reviendrait à eux :

— Eh ben ! moulant d'quat' sous, es-tu
toujoû consentant à t'mett'e curé ?

— Mais certainement mon oncle, il ne
faut pas que l'argent qu'on dépense pour
moi soit inutile. Et puis ça me plaît, répondait Émile.

— Un beau métier, ah ! oui, parlons-en,
de chanter des *oremus* et d'écouter des
ragots d'vieilles fumelles.

Émile ne ripostait pas, tout entier à son
rêve, il se voyait dans son presbytère, un
modeste petit rez-de-chaussée de campagne, fleuri de glycines et enguirlandé
de vignes, dont les fenêtres donneraient
sur les guérets, à perte de vue, et dont la
porte ouvrirait sur la route, avec son pied
de biche bien à la portée des pauvres traî-
neurs de haillons qui ne solliciteraient
jamais en vain le morceau de pain de la
charité.

Et il pressentait, ayant des intuitions
pénétrantes, d'une acuité au-dessus de
son âge, que ce serait peut-être la suprême
joie et tout le bonheur souhaitable que ce
repos et cet isolement, dans cet ermitage,
loin du monde et de son agitation vaine,
avec, pour éclairer sa marche assurée
dans le petit sentier qui grimpe au flanc de
la Vie, le phare lumineux de la Révéla-
tion.

II

Un matin de juillet, des voisins rappor-
tèrent le père Jacques mourant, au moulin.

Comme il traversait, pour aller au plus
court, l'immense herbage de Retz, plein
de grands bœufs normands aux longues
cornes effilées, les animaux, tout à coup
piqués des taons, s'étaient « flonnés » et
précipités tête baissée, mugissants, éra-
flant l'herbe de leurs sabots, sur le fermier,
qui n'avait pu arriver avant eux à l'écha-

lier. Un coup de corne formidable l'avait
jeté de l'autre côté, sur la route, le ventre
ouvert.

Il mourut quelques jours après, laissant
les gens du moulin tout déconcertés.

— Eh ben! la maîtresse, c'est annui que
l'petit gars ferait ben icite, constata mélancoliquement l'oncle Louis, en revenant
de l'enterrement. Ah! il y a de quoi l'occuper tout son soûl.

— C'est ben sûr — répondit la fermière
au bout d'un instant — qui faudrait quéqu'un pour faire aller la ferme, asteure.

Puis ils se turent.

— Si seulement la fille ai voulait se dé-
cider à se marier, reprit la fermière, la
voilà qui va sur ses vingt-trois ans, il est
pourtant ben temps qu'elle y pense.

— D'la faute à qui, si ais' marie pas ? bou-
gonna l'oncle Louis, d'la faute à qui si ai
s'est mis dans la tête d'épouser un gode-
lureau ? Ah! elle en a coûté d'l'argent,

c'ta-là ! Et pourquoi faire ! A quoi que ça
y a servi d'être si longtemps en pension ?
Y a pas besoin d'être si savante pour être
au cul des vaches.

— Eh ben ! moi, je trouve que l'instruction ne gêne personne.

— Dans notre temps...

— Dans notre temps et pis asteure ça
fait deux. Défunt votre père n'savait ni lire,
ni écrire. Il a été obligé de faire sa croix à
notre mariage ; moi j'ai voulu que mes
enfants aient de l'éducation.

— Ça vous a ben réussi. V'la l' gas
curé, et la fille qu'est tant seulement pas
capable d' baratter du beurre. Ça qu'a
d' belles robes, ça met des chapiaux à
fleûx, ça lit dans les livres, ça passe son
temps à racmoder ses frusques. Le pis
d' tout, c'est quai refuse tous ceux qui la
demandent en mariage. J' sai pas quoi
c'est qu'ai s'est fourré dans la tête...

— Ah ! J'sais ben, moi, c'quai veut, et c'est
p't'ête ben pas cor tant si mal ruminé qu'ça.

Et la maîtresse Brunetère tourna la tête pour voir si sa fille était à portée de l'entendre.

La jeune fille marchait tranquillement, à une dizaine de mètres en arrière, avec des camarades. Derrière s'égrenaient, à la queue leu-leu, dans le petit chemin qui menait à la ferme, une foule de parents et d'amis arrivant, pour prendre part au déjeuner d'usage qui suit les enterrements normands, et auquel préside un membre de la famille du défunt.

Cécile Brunetère avait, en effet, comme le remarquait mélancoliquement sa mère, bien près de vingt-trois ans, et personne ne comprenait son obstination à refuser tous les prétendants les uns après les autres. On commençait à la taxer sournoisement de fierté à ricaner des prétentions qu'on lui supposait d'épouser un bourgeois de la ville.

C'était une grande et superbe brune,

à la taille svelte, à l'allure hautaine, à la bouche un peu dédaigneuse, aux regards luisants.

La pension, ces six années qu'elle avait passées en contact avec des enfants d'une éducation supérieure à la sienne, les petites blessures d'amour-propre dont elle avait eu à souffrir les premiers temps ; et, d'autre part, les révélations et les pressensations apportées par l'instruction assez complète qu'on donnait au pensionnat, lui affinèrent l'esprit et lui agrandirent l'âme de façon qu'elle se trouva, à dix-huit ans, avoir un idéal de bonheur plus élevé, et d'autres besoins de cœur que ce qu'on était en droit d'attendre de la petite fille de Barnabé Brunetère.

Elle sentit, sans s'en ouvrir à personne, par crainte qu'on ne la comprît pas, combien il lui serait pénible d'épouser quelque gros balourd de paysan, à la taille épaisse et aux idées aussi ; vulgaire de ton et grossier de langage ; avec qui elle ne pourrait rien avoir de commun que le lit et tout ce qui s'ensuit.

Elle n'avait même pas la ressource de confesser ses sentiments intimes à son frère. Le jeune homme était à peu de chose près un étranger pour elle. Enfants, leurs goûts réciproques les séparaient déjà. Cécile restait à gambader dans la maison, toujours dans les jupes de sa mère, pendant que son sauvage de frère demeurait dans les champs des journées entières et ne revenait que tout juste pour souper.

L'école, la pension plus tard, le séminaire enfin, ne firent que creuser ce fossé.

Aux vacances, repris par ses habitudes contemplatives, par ses besoins de solitude, Emile ne paraissait au moulin qu'aux heures des repas, et encore, parfois, afin de pouvoir ne rentrer qu'à la nuit, emportait-il, comme au vieux temps, un bout de miche, avec, enfoui dans la mie, un morceau de fromage *affiné*, terrible au palais comme un piment.

Cécile sentait évidemment dans les rapports très brefs qu'ils avaient l'un avec l'autre, perçant sous l'amabilité de commande et de politesse, le dédain tout ecclésiastique que le jeune homme marquait déjà pour la femme.

Elle s'accoutuma donc, peu à peu, à garder pour elle sa manière de voir, à ne faire à personne la confidence de ce qu'elle voulait et de ce à quoi elle aspirait.

La maîtresse Brunetère, pourtant, rendue perspicace par son affection pour sa fille, et l'esprit mis en éveil par ses inquiétudes de l'avenir, avait flairé quelque chose. Et c'est à cette découverte qu'elle faisait tout à l'heure allusion lorsqu'elle disait à son beau-frère :

— J'sais ben quoi c'est qu'ai veut, moi.

— Ah ! si l'p'tit gas était là ! avait riposté amèrement le meunier, en guise de conclusion.

La conversation en resta là, ce jour-là, car ils mettaient le pied dans la cour du moulin, lorsque la fermière avait émis cette opinion. Le meunier n'eut pas le temps de lui en demander l'explication, forcé qu'il se trouvait de s'occuper du grand repas de circonstance.

Mais le lendemain, quand la ferme eut repris son train-train habituel et le moulin son tic-tac, dont la pulsation, en signe de deuil, avait cessé de battre tout un jour à son cœur, le meunier aborda sa belle-sœur occupée à « tirer » ses vaches, assise sur un escabeau, la robe troussée et attachée par derrière en un gros paquet.

— Eh ben ! quoi qu' c'est donc qu'ai veut, comme ça ? demanda-t-il brusquement, sans même prononcer le nom de Cécile.

La fermière, depuis la veille, s'attendait à cette question. Ses mains habituées continuèrent à traire alternativement une tétine puis l'autre. Les pis s'allongeaient

2

et revenaient élastiquement à leur volume normal, et le lait jaillissait en un jet interrompu puis repris rhythmiquement, et moussait dans le seau avec un bruit doux.

La maîtresse Brunctère répondit d'un air calme, sans lever la tête.

— Ai veut le gars Thibaut, quiens! parguié!

— Quel donc Thibaut ? demanda l'oncle. Louis.

— Et ben ! Thibaut de la Foësillère. Ah! c'est un beau gars. Et ben savant, à c'qu'on dit. Ses parents ont de quoi. C'est à eux, la Foësillère.

— Ben oui... mais c'est cor ben d'la terre ingrate, par là. C'est fré, fré... Et pis, qui qui vous dit qui pense à elle ?

— J'n'en sais ren, mais je le crais. Y vient ben souvent à la messe à Bêlou. Et y n'y a qu'faire. C'est ben pus près pour li d'aller à Moutiers.

— Ben quoi donc qu'c'est qu'il a d'pus

que les autres, c't'ila, pour qu'il ait tapé
dans l'œil à la princesse ?.

— Est-ce qu'on sait. P't'ête ben pas-
qu'il est moins *paisan* que tous ceux qui
l'ont demandée jusqu'asteure. Pis c'est un
gas qu'a eu ben d'l'instruction. Quand il
est sorti d'l'école, M'sieu Nouvel n'avait
pus ren à y apprendre, à c'que n'on dit.

— M'est avis qu'ça fera core un fichu
moulant, c'mossieu-là...

— Pourquoi donc ça ?... C'est pas pas-
qu'on a été à l'école... Ah ! j'voudrais
pourtant ben qu'ça se décide, c't'affaire-
là... Et pis... qu'y viennent au moulin pour
me... pour m'aider un brin... J'vieillis...
Et pis la mort du maître m'a porté un
coup... j'aurais besoin d'me r'poser.

— Ah ! parguienne, j'vois ben c'que
vous guignez, ma petite belle-seû ; oui, je
vois ben c'qui vous tracasse d'pis quèque
temps. Parguié, c'est ben clai. Y a pas
besoin d'mette des lunettes pou l'vouâ...
Ah ! l'pauv' gas Jacques est défunt ben mal

à propos... Va pus ren y avoir icite pour
vous r'teni...

La fermière ne répondit pas. Et, comme
le meunier se taisait et restait là tout songeur, accoté au ratelier, un bras passé
dans les barreaux, et de l'autre main caressant machinalement le muffle soyeux de la
Noiraude que la maîtresse Brunetère était
en train de traire, la paysanne, peut-être
pour rompre un silence embarrassant,
rudoya tout à coup la vache.

— Quiens ! quiens ! quai qu'elle a donc,
c'te garce-là. V'là-t-y pas qu'ai r'quient
son lait, asteure !

La Noiraude tourna la tête, tirant sur
sa chaîne qui racla bruyamment le bord
de la mangeoire, enveloppa la fermière
de son bon regard doux, et, allongeant le
muffle, elle beugla un mugissement bref,
sourd, voilé, où il y avait comme une pro-
testation.

Puis la paysanne se leva et sortit de
l'étable, sans rien dire de plus, son seau

plein de lait dans la main droite, son bras
gauche étendu pour faire contre-poids.

Derrière les peupliers de l'îlot, trouant
le feuillage et dorant les folioles extrêmes
qu'agitait une trémulation imperceptible,
le soleil se couchait dans la paix mélancolique et poignante du soir.

La maîtresse Brunetère avait raison.
Thibaut pensait si bien à Cécile qu'il la
demanda en mariage, mais il faillit ne pas
l'obtenir. Il prétendait en effet l'emmener
à la Foësillère qu'il voulait faire valoir,
alors que les parents de Cécile mettaient
justement comme condition unique, mais
expresse, au mariage, que le jeune ménage
viendrait habiter Marinbère et les aider
dans son exploitation.

Thibaut ne céda que devant la menace
faite par la mère Brunetère de ne pas
donner son consentement si sa fille quittait le moulin.

La noce se fit enfin.

2.

Émile ne vint pas plus pour le mariage de sa sœur qu'il n'était venu pour l'enterrement de son père. Sans prendre à la lettre le mot cruel que l'Évangile selon saint Luc (chap. XIV, vers. 26) attribue au Christ : « *Si quis venit ad me, et non odit patrem suum et matrem, et uxorem, et filios, et fratres et sorores, adhuc autem et animam suam, non potest meus esse discipulus* », il s'était trouvé de l'avis des supérieurs du grand séminaire qui lui conseillèrent de ne pas aller amollir ses résolutions dans des attendrissements de famille, de ne pas compromettre sa vocation, à une époque si prochaine de l'ordination.

Sa sœur lui en conserva une sourde rancune ainsi que l'oncle Louis. Et il ne fut plus question du jeune homme au moulin, où, seule, la maîtresse Brunetère, qui avait été le voir ordonner prêtre, quelques jours après le mariage de sa fille, essayait de le défendre et d'expliquer sa conduite.

Le meunier, un peu maugréant d'abord,

puis insensiblement gagné par l'amabilité
de Thibaut, confessa bientôt de très bonne
grâce que le garçon mettait tous ses soins
à remplacer Jacques. On ne fut pas long à
s'apercevoir que le mari de Cécile était
plus qu'un mari parfait, que c'était un fermier habile, pas routinier, très au courant
des dernières inventions mécaniques, et
très partisan de les introduire à la ferme,
parce que, disait-il, c'étaient des écono-
mies de temps et de personnes, c'est-à-
dire d'argent.

Et il avait été le premier dans le pays à
remplacer le fléau antique et lambin par
la batteuse à vapeur, un peu toutefois
malgré le meunier qui accusait assez justement la machine de gâcher la paille.

Cécile, tout égayée de bonheur et
mariée selon ses vœux, mit la main à la
pâte avec tant d'enthousiasme, qu'elle fut
bientôt en état de seconder et même de
remplacer sa mère dans ses diverses occupations.

Celle-ci, du reste, qui mettait comme
une hâte à initier sa fille aux moindres détails de la ferme, semblait avoir abdiqué.
On eût dit qu'elle voulait habituer sa fille
à la responsabilité de la maîtrise, en s'ef-
façant peu à peu, en ne prenant aucune
décision importante sans s'informer préa-
lablement :

— Dis-donc, la fille, quai qu't'en dis ?

Le but de la maîtresse Brunetère était
bien simple, et ce n'était plus un mystère
pour personne au moulin.

Un désir la tracassait, depuis longtemps, une idée fixe la hantait : aller
demeurer avec l'abbé, diriger sa maison,
puis s'éteindre doucement dans ses bras,
après quelques années de paix heureuse,
de bonheur tranquille, de joies discrètes
et calmes.

C'était un projet qui datait de loin. Ils
l'avaient tenu secret, ne s'en étaient même
ouverts qu'à peine l'un à l'autre, durant
que vivait le père, à cause des difficultés

qui en rendaient la réalisation quasi impossible. Mais aujourd'hui...

La maîtresse Brunetère avait toujours eu un faible pour son fils. Sa vanité de paysanne enrichie était agréablement chatouillée par la situation exceptionnelle qu'allait occuper le jeune homme.

Emile était alors vicaire dans un canton du nord de l'Orne. Encore une année à attendre, et il serait chez lui, curé. « Monsieur le curé... » Les gens prononcent « monsieur le curé » avec autant de respect que « monsieur le maire ». Tout le monde lui quitte son chapeau et les bourgeois se le disputent à dîner.

La fermière ne vivait plus que dans cette espérance. Elle *décomptait* les jours comme un écolier dont l'approche des vacances est l'unique souci. Elle se vit devenir grand'mère avec une indifférence qui surprit le meunier, déjà fait pourtant à l'étonnement de constater sa belle-sœur

complètement désintéressée des choses et
des gens du moulin.

Cécile avait, en effet, mis au monde, un
an environ après son mariage, une petite
fille à laquelle la grand'mère, marraine
sans enthousiasme, donna le nom d'Émilienne, et qui, suivant l'usage, fut envoyée
tout de suite en nourrice et élevée au
biberon.

L'oncle Louis qui attendait toujours *son*
« moulant » fut désappointé.

Il dit en goguenardant à Thibaut :

— En ben! tu sais, mon gas, c'est raté,
faut m' recommencer ça!

— Ah! mais! ah! mais! protesta dans
le grand lit à baldaquin la voix faible de la
nouvelle accouchée, c'est pas pressé.

Et la vie recommença de couler, au
moulin, comme l'eau de sa rivière : calme,
douce, uniforme.

Un matin, le facteur remit à la maîtresse

Brunetère une lettre dont celle-ci recon-
nut tout de suite l'écriture. Elle devint
pâle et la décacheta d'une main trem-
blante.

— Si c'était... la fameuse nouvelle !

Elle avait pressenti juste. Émile, en
quelques lignes rapides, annonçait à sa
mère qu'il venait d'être nommé curé de
Moutiers.

III

Une dizaine d'années s'écoulèrent avec cette lenteur morne qu'elles ont en province. L'abbé Brunetère plaisait à Moutiers. La comparaison entre le curé défunt et lui ne pouvait être qu'à son avantage.

L'anc'en curé était un vieux janséniste morose et rigide qui ne consentit jamais à faire aucune concession aux exigences de son temps.

Ses paroissiens articulaient contre lui

de nombreux griefs. Mais ce qui indisposait surtout contre le bonhomme, c'était sa manie de prêcher interminablement à la grand'messe, si bien qu'on n'en sortait pas avant midi passé, au grand mécontentement des maris de ces dames, exaspérés de déjeuner si tard.

— Et pour dire quoi? maugréaient les fortes têtes. Voilà trente ans qu'il nous rabâche les mêmes choses!

On lui reprochait aussi très vivement son intolérance butée, son absolutisme cassant, sa rigueur implacable. Avec lui, pas de dispenses de carême, et pour le maigre du vendredi et même du samedi il était impitoyable. « Il faut dompter la matière », disait-il.

Il prononçait la « matiàre », avec une crispation de mâchoires, un grincement des dents, un froncement des sourcils pleins de mépris pour la faiblesse de la nature humaine.

Très dédaigneux du décorum, il por-

tait des soutanes râpées, luisantes, trahis-
sant la trame. Sa douillette rapiécée cent
fois par une vieille couturière, qui venait
tous les mois visiter et repriser sa garde-
robe, il fallait qu'elle « tombât en javelle »,
pour qu'il songeât à la remplacer.

Le nouveau curé apportait avec lui le
prestige inespéré d'un curé propret, joli
homme, dont on sentait les mains blanches accoutumées à la « pâte des pré-
lats ».

On admira ses soutanes irréprochables,
ses fines et chaudes douillettes doublées de
satin sans la moindre éraflure, ses chapeaux
toujours frais et d'une forme quasi coquette,
coiffant bien sa tête intelligente, qu'éclairait un sourire large et bon et un regard
bleu profond, dont l'acuité était émoussée
par l'attendrissement d'une compassion
infinie.

Une des bourgeoises les plus écoutées
et les plus bavardes de Moutiers, qui

n'avait pu résister au désir d'en faire, dès la première huitaine de son arrivée, l'essai comme confesseur, colportait partout la nouvelle qu'il était « parfait ».

— Ah! ma chère, il n'y en a pas un pareil dans toute la contrée.

Ce qui avait particulièrement séduit et ravi mais étonné la brave dame, c'est qu'il lui avait donné la permission de faire gras le vendredi, à elle qui n'avait aucune raison de maladie à faire valoir.

Elle avait raconté au curé que son mari, un impie déterminé, exigeait absolument de la viande les jours maigres. Il donnait comme raison qu'obligé par ses occupations de se lever matin, le maigre ne le « sustentait » pas assez.

— Alors, mon père, vous comprenez, je suis forcée de faire du maigre pour moi et du gras pour lui. Ça fait deux cuisines. C'est tout un aria.

Le curé avait répondu, d'un ton conciliant, qu'il comprenait si bien qu'il lui don-

nait la permission de manger de la viande .
avec son mari.

Ce beau trait de tolérance fit le tour du
pays et défraya la conversation pendant
près d'une semaine.

La mère Brunetère , naturellement ,
avait été *aux anges* de la nomination de
son fils à Moutiers.

C'était maintenant une belle vieille,
accorte, aimable et douce, toujours tirée
à quatre épingles, mais d'une toilette très
simple. Une jupe noire de mérinos tom-
bant droit, sans volants, en plis lourds,
une pélerine bordée de velours, une cor-
nette de tulle à gros tuyaux laissant
transparaître le serre-tête de soie noire,
composaient invariablement son costume.
Rarement, aux fêtes carillonnées, et parce
que son fils l'en priait, elle arborait la
grande coiffe normande à la quadruple
rangée de dentelles, fixée à son milieu, au
serre-tête, par une épingle d'or.

La piété l'avait conquise tout entière.

Levée régulièrement la première, par un reste d'habitude campagnarde, elle assistait tous les matins à la messe de son fils sans y manquer une seule fois. Le souci de son salut éternel la préoccupait uniquement, à cette heure si voisine du grand passage.

Elle n'allait plus que très rarement à Marinbère, où les choses avaient pris un tour qui lui déplaisait.

L'abbé n'avait pas été sans essayer de faire comprendre à sa sœur que la déplorable éducation qu'elle donnait à sa fille porterait ses fruits.

La petite Émilienne, qui allait maintenant sur ses treize ans, était abominablement mal élevée. Ses parents, peut-être parce que c'était leur unique enfant, la gâtaient outre mesure, prenant prétexte de sa chétivité et de sa délicatesse.

La gamine, au moulin, faisait ses « quatre volontés », suivant l'expression

de la grand'mère. Elle avait enjôlé tout le
monde. Et l'oncle Louis lui-même se rebif-
fait quand la maîtresse Brunetère, les
rares fois qu'elle venait au moulin, s'avi-
sait de faire des remontrances, et disait de
son ton narquois :

— Ah! la bairaude! Comme elle sait
vous mettre la tête sous l'aile à tous!

— Ah! ben! Ah! ben! Qu'ai s'amuse
donc! protestait le meunier, ai ne s'amusera pas p'us jeune.

Le prêtre insistait auprès de Cécile :

« Avec ce système, la petite était
demeurée volontaire, fantasque, capricieuse, insupportable. Elle n'avait aucune
religion, oubliait régulièrement ses
prières matin et soir, assistait aux offices
sans conviction, simplement parce qu'il
fallait bien y suivre ses parents. »

L'abbé, courageusement, alla même
jusqu'à avertir la maîtresse Thibaut qu'il
surprenait parfois dans l'œil de la petite
une lueur particulière dont il augurait mal,

lui, le ministre de Dieu, habitué à descendre au fond des consciences humaines.

Mais à ses conseils comme à ses exhortations on ne répondait que par des haussements d'épaules.

Le curé de Moutiers en vint, comme sa mère, à espacer de plus en plus ses visites au moulin. Il sentait toujours comme une rancune sourde et tenace dans le cœur du vieux meunier ; une rancune qui perçait dans sa façon d'être avec lui, dans les mots gouailleurs dont il aimait à le larder, dans l'obstination de mauvais goût que le vieux mettait à ne l'appeler jamais que « foutu moulant » ou « moulant de quat'e sous » et à ne le saluer que de son éternel : « Quiens ! te v'là ! tai, gas faignant ! »

Ce grand vieillard sec et noueux comme un tronc de charme, dont toute la flamme de vie semblait s'être réfugiée dans les yeux, des yeux bleu-clair, clignotants, à demi-clos, enfoncés sous l'arcade proéminente, et vrillant d'un regard pointu la

broussaille blanche de ses sourcils; ce
Percheron têtu, buté dans une idée fixe et
blessé dans son honneur de paysan par la
désertion de son neveu, ne lui avait
jamais pardonné. Les années passaient,
burinant sa face hâlée de crevasses pro-
fondes et cassant sa haute taille, mais son
ressentiment au lieu d'en être émoussé,
croissait avec les années. Pas une fois,
depuis dix ans et plus qu'Émile était curé
de Moutiers, et bien que ce fût à une
petite lieue de Marinbère, pas une fois le
vieux ne consentit à mettre les pieds au
presbytère. Et tout le temps que le prêtre
demeurait au moulin, le rancuñier bonhomme suivait chaque geste de son neveu
de son regard acéré, accueillait chacune
de ses paroles d'un ricanement mauvais,
qui crispait sa bouche mince et faisait de
ses yeux deux fentes obliques où filtrait
un rayon glauque, d'une expression de
dureté implacable et presque haineuse.

Tout ce qui arrivait de mauvais ou de

fâcheux au moulin était rancunièrement
mis sur le compte du curé. Les meules qui
cassaient, les années sans pommes, les
moutons que la clavelée emportait, les
pertes d'argent, il avait une façon âprement résignée et féroce d'expliquer tout.
Il grognait, les épaules hautes et l'œil
mauvais :

— C'est la faute au curé. Si l'gas était
resté au moulin au lieu d'aller faignanter,
j'en serions point oùsque j'en sommes.

L'abbé Brunetère avait essayé une seule
fois d'ouvrir les yeux de l'oncle Louis, de
lui persuader que c'était rendre un mauvais service à la petite Émilienne que de
l'élever de cette façon-là. Mais l'incorrigible paysan lui avait sèchement coupé la
parole.

— C'qui s'passe au moulin n'te r'garde
point, mon gas faignant ; fallait pas t'mettre
curé, tu serais l'maître içite, t'aurais l'drait

3.

d'causer. Mais, asteure, t'as ren à dire. Va-
mon vouâ à Mouquiers si j'y sais...

— Ah! mon oncle, tout ça finira mal.
Quand à treize ans une petite fille ne pense
pas plus que ça au bon Dieu, à seize elle
est envahie par les songeries mauvaises...
Ah! le bon Dieu veuille que je me trompe,
mon oncle, mais j'ai bien peur...

Et le vieux ripostait, tout entier à son
idée fixe :

— C'est bon, c'est bon, si nous arrive
malheû, ça sera de ta faute... Fallait pas
t'mett'e curé !

N'eussent été les inquiétudes que lui
donnait sa nièce, le bonheur de l'abbé
Brunetère se serait trouvé parfait.

Quelle satisfaction mondaine, en effet,
fût-elle parmi les plus prisées, valait une
heure de cette quiétude d'esprit, constante
et inaltérable, une heure de ce repos de
cœur qu'il goûtait là, dorloté par l'affection si tendrement enveloppante de sa

mère, qui vieillissait à côté de lui, béate
et extasiée, ravie en piété, peu à peu
transformée au contact de son fils, l'esprit
nourri de lectures pieuses, l'âme noyée de
bonheur calme, dans le petit presbytère
emmitouflé de lierre, de silence et de
paix.

Pourtant Émilienne arriva sans encombre
aux environs de la vingtième année. Et
malgré les yeux inquiétants qui luisaient
dans la pâleur mate de son joli visage,
malgré le pli ironique qui relevait le coin
de ses tentantes lèvres charnues, malgré
la réputation de « madame » qu'elle s'était
faite aux alentours avec ses toilettes trop
élégantes et ses mains trop blanches char-
gées de bagues, ses mains de faignante,
disait-on, qui n'avaient jamais été écla-
boussées d'une goutte de purin, un faraud
des environs, dont le torse et la prestance
de coq campé sur ses ergots lui donna
dans l'œil, la demanda en mariage et l'ob-
tint, grâce à la menace que fit la jeune

fille de filer avec lui si on ne les mariait
pas.

Le gars, qui trouvait la fille appétissante,
promit tout ce qu'on voulut.

On décida donc qu'ils habiteraient au
moulin. Aveline, c'était le nom du mari,
seconderait l'oncle Louis, qui se faisait
bien las. Émilienne deviendrait la lieute-
nante de sa mère, se préparerait peu à
peu pour la remplacer un jour, de même
que la maîtresse Thibaut avait remplacé à
son heure la maîtresse Brunetère, de par
la loi inéluctable qui fait que la vie naît
de la mort, et qui veut que ceux-ci surgissent pour prendre la place de ceux-là,
disparus.

Trois ans se passèrent sans incidents.

Émilienne rechignait bien un peu à l'ouvrage, elle se préoccupait bien un peu plus
de sa toilette de saison que des fluctuations
subies par le prix du beurre ; mais Aveline
était décidément une bonne acquisition
pour la ferme. Fort comme un taureau,

courageux, actif, il trouvait moyen de faire
tout l'ouvrage du meunier et d'aider encore
Thibaut.

Émilienne seule détonnait sur l'ensemble ; mais comme on s'était accoutumé à ne
pas attendre beaucoup d'elle, on s'estimait
heureux, aussi bien au moulin qu'au presbytère, que tout se passât de cette façon.

Vers la fin de cette troisième année, la
maîtresse Aveline devint mère. Elle fit une
moue de désappointement lorsqu'on lui
apporta sa fille, un petit être tout rouge,
chauve, le front ridé, les yeux sans regards,
atroce, et dont le crâne s'était allongé en
pain de sucre.

— L'affreux laideron ! s'écria-t-elle ;
mais je n'ai jamais été si épouvantable
que ça.

C'est tout le discours de bienvenue que
lui inspira sa tendresse maternelle.

Le soir même, la petite Marie partait
en nourrice, sans même que l'oncle Louis
eût consenti à l'embrasser.

— Cor' eune fumelle, avait grommelé
le vieux avec un juron ; queul' guiab'e
l'escarbouille !

IV

Émilienne avait horriblement et longue-
ment souffert pendant ses couches. Et,
bien entendu, c'est à son mari qu'elle
s'en prit, au pauvre Aveline qui haletait
d'angoisse dans la pièce voisine, n'osant
se montrer dans la chambre de sa femme
par crainte des invectives dont elle l'accueillait.

La jeune femme fut longue à faire ses
relevailles. Elle se remit sur pied avec un

dégoût de plus en plus prononcé pour
son mari qui s'était pris, lui, par contre,
d'une passion exaspérée pour sa femme,
accrue dans des proportions morbides, à
partir du jour où elle lui interdit son lit, et
qui, ne sachant que faire pour rentrer en
grâce, ne trouva rien de mieux que de la
combler de cadeaux d'un prix déraison-
nable. Il commença alors à s'endetter, em-
pruntant à l'insu des vieux et vendant
même, à la fin, ouvertement, quand il ne
pouvait plus trouver d'argent, un bout de
pré par ci par là, au grand désespoir des
Thibaut.

A partir de ce moment-là tout alla de
mal en pis, à Marinbère.

En dépit des remontrances de sa mère
et des objurgations du vieux meunier, qui
était bien obligé de reconnaître que tout
craquait autour de lui, mais qui s'en prenait, avec des jurons formidables, au «gars
faignant » de ce que les temps prédits par
lui étaient arrivés, Émilienne, comme

dans un coup de folie, accumulait de son
côté les dépenses.

Son caractère semblait s'être détraqué.
A toutes les observations qu'elle recevait
et dont, il est vrai, on la criblait à journée
entière, elle répondait sur un ton aigu et
menaçant, coupant court brutalement à
toutes les discussions avec cet unique
argument qu'elle clamait d'une voix aigre
et rageuse, lorsqu'on la poussait à bout :

— Ah! si vous m'embêtez comme ça,
j'foutrai le camp, vous verrez, vous verrez !

Devant ces menaces, Aveline se faisait
tout petit, essuyait stoïquement les rebuf-
fades de sa femme, gardant l'espoir que ce
n'était qu'une crise et qu'elle lui reviendrait.

Chaque fois que ces accès de fureur la
prenaient — et cela arrivait généralement
le lundi, lorsqu'elle revenait du marché,
ses paniers encombrés d'une acquisition
nouvelle — Aveline s'interposait entre ses

colères et les récriminations des vieux. Il
arrondissait son large dos sous l'orage,
allait de Thibaut à Cécile avec des sup-
plications dans le regard, des tentatives
timides de conciliation.

Mais Émilienne rabrouait tout le monde,
impérieuse, maussade, le ton cassant, la
parole sifflante, se débondant tout à coup
en imprécations agressives, en crises de
colères furibondes.

Un lundi qu'elle était allée, comme de
coutume, au marché de Moutiers, on fut
très étonné, au moulin, de ne pas la voir
revenir vers cinq heures. Aveline ne put
s'empêcher de manifester ouvertement
son inquiétude, Émilienne n'étant jamais
en retard.

Mais ce qui l'inquiétait surtout, il s'en
ouvrit dolemment au vieux meunier,
c'était, bien plus que le retard qui pouvait
à la rigueur s'expliquer, cette circonstance particulière que la jeune femme

avait mis ce jour-là sa toilette la plus pim-
pante. Pourquoi ? Et elle n'avait emporté
aucun panier. Alors, qu'allait-elle faire au
marché ?

Elle était partie comme d'habitude, très
tranquille, munie simplement de son om-
brelle, par le chemin de Bêlou.

L'estomac serré d'une angoisse gran-
dissante, Aveline, comme huit heures
allaient sonner, n'y put tenir plus longtemps. Il déclara qu'il allait partir pour
Moutiers chercher des nouvelles de sa
femme.

Il prit comme elle la route de Bêlou,
avec l'espoir, qu'il ne pouvait abandonner,
de la rencontrer en route. Ce fut au facteur qu'il se heurta, comme il passait
devant l'auberge des *Trois Chats noirs,* et
qui, s'arrêtant sur la route, fouilla dans sa
boîte, les jambes écartées, le geste lent.

— Ah ! ben, j'suis bénaise de vous rencontrer, maît'e Aveline, fit-il ; j'ai une
lett'e pour vous. Ça s'trouve t'y ben

qu'vous séyez passé par icite. Ça m'évi-
tera la peine d'courir jusqu'à Marinbère...
T'nez, la v'la. Ben l'bonjou, maît'e Aveline.

Aveline, qui avait parcouru la missive
d'un coup d'œil, s'écroula, terrassé, sur
la berge de la route, les jambes dans le
fossé. Une douleur atroce lui poignait le
cœur ; et il restait là, les oreilles bour-
donnantes, la bouche ouverte, la respira-
tion presque arrêtée, croyant qu'il allait
s'évanouir.

La lettre ne contenait que deux lignes :

« La vie n'est plus tenable au moulin, je
file à Paris avec M. Pacôme. »

M. Pacôme était un clerc d'huissier dont
le teint blafard, la moustache en chat, le
grasseyement de bon ton et les calem-
bours à la douzaine ravageaient le cœur
des couturières de Moutiers.

Ce lovelace incombustible avait eu des

bonnes fortunes princières. La femme du
brigadier de gendarmerie avait voulu
goûter au miel de ses baisers, et la belle
Octavie, la fille du suisse, qui avait, pour
ses beaux yeux, refusé deux ou trois
partis, se mourait lentement pour lui.

Gâté par le succès, Pacôme désira
mieux.

Un beau jour qu'il rôdaillait par le marché, en quête d'aventures, la joliesse de la
maîtresse Aveline tenta sa concupiscence.
Il projeta cette conquête, persuadé que
cela le poserait à Moutiers et établirait
définitivement sa réputation de Don Juan.

L'enlèvement qu'il rêvait, les disposi-
tions d'esprit dans lesquelles se trouvait
Émilienne en aplanirent les difficultés ; et
lorsque, après deux mois de flirtage habile,
il lui proposa de l'initier aux splendeurs de
la capitale, ce fut par un oui enthousiaste
que lui répondit la jeune femme, à l'affût
depuis longtemps de cette occasion.

L'événement eut dans tout le pays un retentissement d'autant plus énorme que la fugitive était la nièce du curé de Moutiers.

On trouva généralement que le pauvre prêtre était bien éprouvé, et il reçut à cette occasion d'universels témoignages de sympathie. Mais on ne plaignit qu'à moitié les gens du moulin ; on s'accorda à dire que cela devait finir ainsi, que la coquetterie exubérante de la maîtresse Aveline devait lui jouer un mauvais tour ; qu'il n'était pas rationnel qu'une simple fermière s'habillât avec ce luxe effréné ; qu'on ne gagné rien d'abord à vouloir faire mieux que les autres ; qu'il faut rester où le bon Dieu vous a mis ; qu'Émilienne n'ayant pas été élevée comme une fermière, cela lui avait donné des goûts au-dessus de sa position, et que tout cela devait forcément se trouver payé un jour. Et puis, enfin, dernier argument, « l'curé l'avait-y pas ben dit ».

Les commérages allaient leur train.

On ne craignait pas d'insinuer qu'ils étaient « bien près de leurs pièces » à Marinbère. On allait même jusqu'à prétendre que la plupart des prés qui jouxtaient la ferme n'étaient plus aux Thibaut. Ç'avait été vendu lopin par lopin pour satisfaire aux exigences croissantes de leur princesse de fille. Ça commençait déjà avant son mariage ; et, après, la dégringolade avait été *crescendo*. Son bénêt de mari n'osait rien lui refuser. C'était tous les jours un nouvel « affutiau ».

« Leur chambre à coucher était aussi belle que celle d'un préfet », encombrée de bibelots chers et d'objets d'art, et meublée de jolis meubles à la mode, à filets de cuivre, « comme il n'y en avait même pas chez le notaire de Moutiers. »

Et tout ça n'empêchait pas la maîtresse Aveline de « faire des notes » chez tous les marchands du bourg. Elle devait partout. Quand toutes ces factures là arriveraient à échéance, on verrait un bel effondrement.

— Bah ! rispotaient des gens, le curé payera, parbleu ! il est riche ; les Brunetère avaient trouvé moyen de mettre de l'argent de côté, eux. Il ne laissera pas vendre les Thibaut ; Marinbère est une propriété de famille ; et puis il est si bon qu'il se laisserait manger jusqu'au dernier sou pour empêcher la misère des siens.

— La maîtresse Aveline le sait ben, répliquaient des commères. Oh ! oui, elle le sait ben que l'curé n'peut ren refuser. Ces derniers temps on l'a vue tous les lundis entrer au presbytère, elle qui, dans le temps, n'y mettait jamais les pieds. Ben sûr, si elle y allait, c'était pas pour dire ses prières. C'était pour le bairauder et lui tirer des pièces de cent sous.

Ce qu'on ne comprenait pas, par exemple, c'était la folie de la maîtresse Aveline, qui filait avec un panier percé comme Pacôme.

— Ç'allait faire du propre ! Un garçon qui n'avait pas vingt francs devant les mains. Quand il n'y a plus de foin au ratelier les chevaux se battent. Pour sûr, ils se battraient avant qu'il soit, huit jours. Assurément, elle était partie comme ça, sans réfléchir, sans se demander ce qu'elle deviendrait là-bas, quand Pacôme l'aurait lâchée. Car une fois son petit effet produit, le don Juan reviendrait vite paonner à Moutiers, jouir de son succès. Mais elle ? Evidemment, son mari était si bête qu'il ne demanderait pas mieux que de la reprendre ; mais elle n'aurait pas le toupet, peut-être, après cette jolie équipée, de reparaître dans le pays !

— Laissez donc, intervenaient les sceptiques, elle n'a pas froid aux yeux, la mâtine ; elle est bien de taille, maintenant qu'elle a tâté de la capitale, à se faire une situation et même des rentes. A Paris, les jolies filles ne restent jamais dans l'embarras.

4

Peu à peu, pourtant, l'effervescence se calma, les cancans s'apaisèrent, et l'on ne parla bientôt plus que pour mémoire de la fugue de la maîtresse Aveline, si ce n'est au presbytère de Moutiers et au moulin de Marinbère.

Aveline, qui n'avait pas ouvert la bouche depuis le soir où il était rentré écrasé de chagrin, avec la lettre d'Émilienne dans sa main crispée, Aveline, taciturne, les yeux caves, s'en allait tous les matins tirer la sonnette de Mᵉ Derbot, l'huissier de Moutiers, et disait, en portant l'index à son feutre :

— Pardon, excuse... Ben l'bonjou, la compagnie... M'sieu Pacôme est-y là ?

Et Derbot répondait, rubicond, avec son large sourire poli, affilé d'une pointe de gouaillerie, et en assurant d'un geste machinal ses lunettes derrière lesquels flambaient de petits yeux vifs et matois :

— Ma foi non, maît'e Aveline, il n'est pas là.

— Je reviendrai, faisait doucement le paysan en s'en allant.

Cela dura une semaine.

Un matin, Pacôme se trouva là et se leva, un peu pâle, au salut du paysan.

— Ça serait-y un effet de vot'e bonté, m'sieur Pacôme, sans vous commander ? J'voudrais ben vous dire deux mots, comme qui dirait en particulier... J's'rons aussi ben pour ça sû l'champ de foire qu'icite.

Pacôme, très inquiet, sortit avec le maître Aveline.

Le champ de foire était tout proche, clos par la route et par des murs de jardins qui l'isolaient des habitations. D'un côté, le mur de la maison d'école avec la tête de ses tilleuls qui débordaient ; de l'autre, le jardin du père Faucoux, fermé du côté de la route par une grande grille qui laissait voir des coins d'allées pavées proprement de briques violettes et plantées à leurs coudes de sapinettes ventrues

taillées en pains de sucre raides, hérissés
tout autour de coquilles d'escargots.

— L'biau jardin, remarqua en passant
le maître Aveline, pendant que Pacôme
saluait le père Faucoux qui se promenait la
main dans la poche de sa « devanquière »
bleue de jardinier et la tête couverte de
sa casquette de drap à oreillettes.

Les deux hommes marchèrent quelque
temps sans rien dire. Tout à coup, le
maître Aveline s'arrêta.

— J'étais d'avis, pour c'mencer, d'vous
casser les reins, m'sieu Pacôme... et pis
j' me sais dit qu' ça n'avançerait à ren ; si
ça n'avait pas été vous, ça aurait été un
aut'e. Ah ! faut pas craire comme ça
qu'c'est vos beaux yeux qu'ont tout fait ; si
elle avait v'lu choisi, elle aurait pris mieux
qu'ça.

— Où diable veut-il en venir ? songeait
Pacôme, que ce début rassurait.

— J'vous d'manderai qu'eune chose,

continua le paysan..... Où qu' c'est-y
qu'vous l'avez laissée là-bas ?

— Mais...? essaya le clerc.

— Vous savez, m'sieu Pacôme, j' sais
un brin comme mes bœufs, j' dis ren quand
on m'dit ren, seulement je m' flonne
quèque fois... J' vous d'mande pas pourquoi qu' vous l'avez lâchée, jeul sais ben ;
ai n'a point emporté d'argent, et des gas
comme vous, c'est des biaux parleux, c'est
d's enjôleux d'femmes, mais ça n'a point
d'argent à leû donner. Ça va ben tant
qu'ai n' n'ont... Non, m'sieu Pacôme,
j'vous d'mande point pourquoi qu' vous
l'avez mauvaisement abandonnée ; mais
c'que j' vous d'mande, c'est son adresse à
Paris, et pisque j' vous la d'mande, faut
m' la donner, voyez-vous, pasque, j' vous
l'ai dit, y a des jou's comme ça où que
j' m' fâche pour un ren.

Pacôme comprit qu'il fallait s'exécuter.
Il avait d'autant moins de scrupules à
donner l'adresse à laquelle il avait laissé

4.

la jeune femme qu'il savait pertinemment
qu'elle n'y était plus.

Émilienne, en effet, une fois à Paris,
s'était trouvée tout de suite « à la hauteur »;
et Pacôme avait senti dès la première
heure qu'il n'était pas le but de cette fugue,
mais le simple prétexte.

Née avec un tempérament de viveuse
que n'avaient pu influencer ni le milieu
rustique, si simple et si honnête, dans
lequel elle avait vécu, ni l'éducation des
bonnes sœurs de Moutiers, ni l'exemple des
vertus familiales qu'elle avait eues cons-
tamment sous les yeux, l'occasion seule
lui avait longtemps manqué de donner un
libre essor à la poussée impérieuse de ses
instincts.

Trop fière de sa beauté pour se donner
au premier venu, elle voulait avoir tous les
bénéfices de sa chute. Aussi Paris la ten-
tait-il avec toutes ses promesses de luxe.
D'incalmables prurits l'enfiévraient parfois

de partir seule à la conquête de la capitale, et puis des terreurs subites amollis-
saient son désir tout à coup ; des peurs
irraisonnées de cet inconnu à affronter ; des
épouvantes bizarres à la pensée de descendre seule dans un hôtel parisien ; des
appréhensions de dangers indéterminés ;
des effrois nés de la lecture de récents
faits-divers, où des femmes galantes
étaient effroyablement massacrées, et dont
les assassins échappaient à toutes les
recherches de la police.

C'est pour cela que la jeune femme
n'avait prêté qu'une oreille distraite au
flirtage préparatoire du beau clerc, peu
tentée par les joies douteuses de l'adultère banal qu'il lui proposait ; et c'est pour
cela qu'elle avait applaudi des deux mains
à son projet de départ pour Paris.

Une fois là-bas, Pacôme fut relégué au
second rang, assez dédaigneusement. Il
essaya de faire des remontrances, mais
Emilienne lui répondit avec un « Tu sais »

mon petit », qu'elle avait la veille cueilli
au vol à Mabille :

— Tu sais, mon petit, si ça t'embête,
je ne t'empêche pas de retourner à
Moutiers.

Le troisième jour, comme ils étaient
allés à un théâtre du boulevard, Émilienne
à la sortie lâcha carrément son clerc, et
fila avec un monsieur très bien et d'un
certain âge, décoré, l'air respectable,
qui lui avait fait du pied pendant toute la
représentation.

Et Pacôme, piteux, partit le lendemain
matin pour Moutiers, mais il ne se montra
que quatre ou cinq jours plus tard à son
étude, où il inventa toute une histoire pour
se donner le beau rôle dans cette aventure.

On comprend pourquoi le clerc n'hé-
sita pas à livrer au mari l'adresse qu'il
demandait de façon aussi péremptoire. Il
savait bien qu'il ne dénicherait jamais

Émilienne, même avec l'aide de la préfecture de police.

Deux heures après cette conservation, Aveline prenait le train pour Paris.

V

Aveline n'avait jamais mis en doute qu'il retrouverait sa femme dans Paris et la déciderait à revenir.

Il ne pouvait plus vivre sans elle, et il s'en confesserait à la fugitive, carrément. il était comme une âme en peine, depuis sa disparition ; certainement il lui pardonnerait son coup de tête.

N'était-ce pas un peu de la faute aux vieux si c'était arrivé ; aux vieux, qui la

« digonnaient » à tort et à travers. Elle
ferait ce qu'elle voudrait, maintenant, on
ne lui dirait plus jamais rien, il en prendrait
l'engagement. Elle dépenserait tout l'argent qu'elle voudrait, c'était à elle,
d'ailleurs, elle avait bien le droit d'en dis-
poser à son gré...

Ah ! oui ! on vendrait plutôt le bien jusqu'au dernier arpent, mais il ne voulait pas
qu'elle se sauvât à nouveau. Ah ! dame
non ! Il ne pouvait plus se passer d'elle,
il en mourrait, il le sentait bien, s'il ne
devait plus la revoir.

En ces derniers temps, l'amour d'Aveline pour sa femme, exaspéré par la con-
tinence à laquelle elle l'avait condamné
« pour lui apprendre », avait pris les proportions inquiétantes d'une monomanie
véritable. C'était une idée fixe, une préoccupation qui ne le lâchait pas, une hal-
lucination qui enfiévrait ses nuits.

Ça lui était presque devenu égal qu'elle

le rudoyàt ; il s'habituait même à l'idée de ne plus partager sa couche ; mais ce qu'il lui était impossible d'envisager sans angoisse, c'était la perspective de ne plus la voir.

Il n'était pas de ceux qui n'aiment que jusqu'à tuer la femme adultère ; il était de ces envoûtés, affolés d'amour jusqu'à consentir à être témoin de l'adultère quotidien pourvu que l'aimée ne les abandonne pas.

Aveline était prêt à toutes les concessions, à toutes les lâchetés, même à celle-là.

Aussi la fuite d'Émilienne l'avait littéralement assommé ; et, seul, avait pu secouer sa torpeur l'espoir, soudain entrevu, de la retrouver, de la reconquérir, de l'arracher à Paris, et de la garder si bien cette foisi que nul, désormais, ne pourrait la lu, ravir.

Mais, comme l'avait prévu Pacôme, Aveline battit inutilement le pavé de Par

pendant toute une semaine et s'en revint,
brisé, anéanti, échouer à Marinbère son
désespoir irrémédiable et son accablement,
sa prostration de cœur et de cerveau.

Rentré au moulin avec la certitude que
sa femme était définitivement perdue pour
lui, qu'il ne la reverrait plus jamais, jamais,
jamais, Aveline dégringola avec une épou-
vantante rapidité dans les bas-fonds de la
mélancolie la plus lamentable.

Levé dès l'aurore et couché en même
temps que le soleil, il vaquait automatique-
ment à son travail habituel. Il semblait une
machine remontée qui fonctionne régulièrement, exactement, avec précision, mais à
qui l'âme manque pour s'intéresser à l'acte
qu'elle accomplit. Il paraissait ne rien
voir, ne rien entendre ; vivre autre part.
Lorsqu'on lui parlait, il éprouvait une
secousse comme s'il eût sorti d'un songe,
et répondait par des monosyllabes secs,
sans intonation. Ses yeux, qu'on eût dit

5

des yeux d'aveugle, tant l'expression y
était morte, ses yeux, dont la couleur indé-
terminable avait comme déteint, semblable
à ces failles délicates aux nuances tendres
qu'un seul rais de soleil suffit à décolorer,
ses yeux, lavés de larmes incessantes, ne
se fixaient jamais ; il y flottait cette lueur
indécise qui tremblote derrière la cornée
trouble des ivrognes : le regard qui en est
la vie n'y rayonnait plus.

Insensiblement la torpeur dans laquelle
croupissait son intelligence aveulie aug-
menta. Il ne fut bientôt plus possible de
lui tirer un mot. Ses lèvres restaient her-
métiquement closes à journée entière, en
dépit des continuelles tentatives que réi-
téraient Thibaut et Cécile pour le con-
traindre à parler.

L'inquiétude, à la fin, les prit. Ils firent
venir le médecin de Moutiers, qui s'ébau-
bit un peu, pour commencer, devant cette
« névrose » à caractères peu accusés, à
symptômes purement psychologiques.

« Cela pouvait n'être rien, mais cela pouvait fort bien aussi être un début sournois de polyparésie ; il fallait attendre pour se prononcer. Peut-être, après tout, n'était-ce qu'une forme bizarre d'hypocondrie que le temps guérirait. Il savait l'irréparable malheur qui venait de frapper le pauvre homme. La cause du mal était là, comme sa guérison peut-être. Si l'infidèle revenait un beau jour, la joie, probablement, rétablirait ce qu'avait bouleversé le chagrin.

« Rien à faire, en tout cas. Du bromure de potassium ? Pourquoi droguer. Cela ne modifierait en rien l'état du malade. Il fallait tout attendre du temps. Du reste il reviendrait. »

Le cas l'intéressait.

Aveline, torturé de questions, tourmenté de mille manières par le médecin, qui tenait absolument à le faire sortir de son mutisme, finit par hurler, d'un ton furieux :

— J'suis pas malade, foutez-moi la paix.

C'est tout ce qu'on en put tirer. Et le médecin s'en alla, après avoir bien recommandé de le surveiller de près, parce que, si c'était ce qu'il craignait, on serait peut-être obligé de l'envoyer dans une maison de santé.

Trois mois s'écoulèrent. On n'entendait aucunement parler d'Émilienne. Un jeune homme de Moûtiers qui allait quelquefois à Paris, prétendit l'avoir vue à Mabille en toilette excentrique. Ce dont on induisit : d'abord qu'elle comptait décidément parmi le monde qui fait la fête, ensuite que ses affaires prospéraient.

Ce fut toutes les nouvelles qu'on en eut.

Elle, de son côté, faisait la morte, agissait comme si elle eût totalement oublié Marinbère et ceux dont son départ avait désaimanté la vie.

La pauvre ferme allait cahin-caha, désemparée d'une partie de ses prés ven-

dus morceau à morceau pour payer les
dettes qu'Émilienne avait semées partout;
et la roue du moulin, jadis si vaillante, ne
tournait plus guère que deux ou trois fois
la semaine...

Il y avait pourtant un nouveau moulant
à Marinbère.

Il avait bien fallu remplacer l'oncle Louis,
qui, décidément — bien qu'il se refusât à se
reposer, par amour propre autant que par
habitude et par besoin de travail, avec
l'obstination têtue d'un paysan dont le
labeur a été, non pas le moyen mais le but
de toute l'existence — entrait aujourd'hui
dans sa quatre-vingt-sixième année. Pourtant c'est à peine si sa verdeur avait dimi-
nué depuis vingt ans. Sa chevelure était
complètement blanche, voilà tout. Mais en
vérité la maigreur de ses mains, où les
« noinces » saillaient, énormes, dures
comme des nœuds de chêne, bossuant le
cuir bistré par le hâle des ans, était ma foi

demeurée quasi la même, ainsi que celle
de son cou où la peau se parcheminait lentement sur des muscles indurés qui sem-
blaient des cordes tendues.

Il se trouva d'autant plus nécessaire de
lui donner un second qu'on ne pouvait
plus maintenant compter sur les biceps
d'Aveline.

Le pitoyable mari, en effet, en était
arrivé à une hypocondrie farouche et sauvage qui le faisait rester des journées
entières, accroupi derrière une meule de
foin ou couché dans le « fani », muet,
immobile et le regard fixe, un regard
effrayant où la folie allumait à présent ses
flammes fulgurantes.

Une tristesse morne s'était également
abattue sur le presbytère. La maîtresse
Brunetère frappée au cœur par la fuite
déshonorée d'Émilienne, s'était mise au lit
le lendemain de ce scandale et ne se

releva pas. Le coup l'avait atteinte en pleine
santé et comme foudroyée.

Le médecin appelé immédiatement et
dont le scepticisme se refusait à croire qu'on
pût mourir d'une idée, chercha vainement
l'organe atteint, avec des minuties d'ins-
pection exagérées par l'impatience de ne
trouver aucune cause matérielle à des effets
indéniables.

Les débuts de la maladie avaient été
très brusques. A la nouvelle inopinée de
l'événement que toute la contrée com-
mentait la pauvre femme était tombée en
avant, comme traversée d'une balle au
cœur.

Au réveil d'une syncope qui dura deux
jours entiers sans qu'aucun des révulsifs
violents ordonnés par le médecin aient pu
l'en tirer, elle versa d'abondantes larmes ;
et, à la suite, un anéantissement la prit.

L'effrayant accablement dont elle était
écrasée, cette pâleur de la face, ce refroi-
dissement des extrémités qui prouvaient

la congestion des centres, ce pouls, imperceptible pour tout autre qu'une main
exercée, cette voix étrange d'un timbre si
cassé, d'une résonnance si atténuée, si loin-
taine qu'elle semblait ne pas sortir d'elle ;
et avec cela cette impassibilité du masque
figé dans une effroyable expression de
douleur intraduisible, tous ces symptômes
le docteur les voyait sans y pouvoir apporter l'explication d'une modification physio-
logique.

Combien de temps traînerait-elle ainsi ?
Le médecin eut la franchise d'avouer qu'il
n'en savait rien.

Elle resta ainsi huit jours sans parler et
sans fermer ses grands yeux fixes emplis de
nuit, secouant doucement la tête lorsqu'on
approchait quelque aliment de sa bouche.

Vers le huitième jour, elle fit un mouvement et posa lentement sa longue main
pâle sur la tête de son fils, qui passait ses
journées dans une prostration abattue à
prier et à pleurer à son chevet.

Et le prêtre, qui avait levé sur elle son regard mouillé, où s'allumait la flamme de l'espoir, l'entendit qui murmurait de la voix sans timbre qu'elle garda jusqu'à sa mort :

— Que la sainte volonté du bon Dieu soit faite !

— Ah ! maman ! le bon Dieu a entendu ma prière, s'écria le curé avec foi, te voilà sauvée.

La pauvre malade secoua la tête.

— Non, mon fils, je ne suis pas sauvée, je ne puis l'être... Je me sens bien, d'ailleurs, je ne me relèverai plus. C'est bien fini, va ! Mais le bon Dieu est là pour te consoler.

L'abbé Brunetère ne répondit que par des sanglots.

5.

VI

Le curé de Moutiers adorait sa mère. Il s'était habitué à cette vieille affection berceuse, dont la tendresse avait dorloté sa vie et suffi à lui remplir le cœur. Chaste de volonté presque autant que de nature, le prêtre n'avait jamais laissé la femme exercer sur lui sa néfaste influence.

Le grand séminaire commença de l'initier aux turpitudes humaines, la confession fit le reste. Il ne vit que la laideur dans le péché et n'arriva jamais à comprendre comment les hommes pouvaient offenser Dieu *de cette manière-là*. La perversité de la nature humaine le laissait songeur, et il aimait mieux penser que les hommes péchaient plutôt pour faire quelque chose de défendu que par attrait pour le péché en lui-même.

Toute la somme d'affection dont est susceptible le cœur humain et dont aucune autre créature ne pouvait se vanter d'avoir distrait la moindre parcelle, il l'avait tout entière reportée sur sa mère, qui y répondait par une égale tendresse.

Émile n'avait jamais cessé d'appeler Madame Brunetère « maman », comme au temps où il était le *p'tit gas* et où le curé de Bélou le contraignait à s'aventurer, sous la poussée de son soulier, à la découverte des beautés oratoires du *Conciones*.

A l'encontre de bien des paysannes dont la maternité, d'ordinaire, ne va pas sans un peu d'âpreté et manque de cette

tendresse câline qui semble plutôt l'apa-
nage des éducations raffinées, la maîtresse
Brunetère, qui ne s'était jamais montrée
autrement démonstrative pour Cécile,
avait gardé toutes ses *bairanderies* pour
son fils.

Et même, à Moutiers, alors que des fils
blancs argentaient déjà trop visiblement
la chevelure du doyen, elle n'avait pu
perdre l'habitude de lui prendre parfois la
tête, tout à coup, profitant de ce que son
attention s'absorbait à la lecture de son
bréviaire, sous la petite charmille, et de
l'embrasser à pleine bouche, bruyamment,
en mère qui ne voit jamais vieillir son
enfant.

Et le curé répondait sans fausse honte
aux baisers de sa mère.

Le curé de Moutiers s'était habitué à la
tranquillité et au calme de cette vie reposante et douce, côte à côte avec cette
affection immuable qui ne pouvait aug-
menter, et qui, certes, ne diminuait pas ;

l'idée ne lui était jamais venue qu'un jour
tout cela finirait, que ces attaches se brise-
raient, que la mort était une échéance
fatale, plus ou moins éloignée, à laquelle
personne ne pouvait se soustraire.

Chose bizarre, peut-être parce qu'il en
était un peu plus éloigné, le curé, en dépit
de ses sermons dont elle se trouvait parfois le sujet, se préoccupait de la mort
bien moins que sa mère, qui s'y préparait
doucement tous les jours et remerciait
Dieu chaque matin à son réveil d'avoir
ajouté quelques heures de plus à sa vie si
heureuse, et de l'avoir faite si longue.

La vie coulait pour lui si calme, si dé-
nuée d'événements, si peu accidentée
d'imprévu, si dépourvue d'émotions d'aucune sorte, le terme de cette promenade
radieuse et ensoleillée lui apparaissait si
lointain, avec des contours si indécis, si
embrumés, que ses regards s'y arrêtaient
à peine. Il lui semblait que la vie stagnait,
que le cours des choses était suspendu,

que l'aiguille du temps s'était immobilisée
à une heure douce, une heure qui ressem-
blait à celles de ces soirs de juillet,
sereins, limpides et tièdes, où l'obliquité
des rayons du soleil près de disparaître à
l'horizon, donne un ton si particulier aux
verdures éclairées comme en dessous, où
pas une feuille ne remue, où s'est tu même
le gazouillis des oiseaux endormis dans le
feuillage. La vieillesse venait à lui d'un
pas si assourdi qu'il ne l'entendait pas
venir; et si quelqu'un lui avait demandé
l'âge de sa mère, il aurait répondu comme
voilà vingt ans, tant ces vingt ans lui
avaient paru une longue et splendide journée :

— Ma mère ? elle doit avoir dans les
cinquante ans... Ma foi, je ne sais pas au
juste.

On pressent le coup de tonnerre qu'a-
vait été dans ce calme béat la fugue d'Émilienne, et la maladie de Madame Brunetère qui en était résultée.

Deux mois se passèrent sans apporter le moindre changement dans l'état de la malade. Elle était devenue si faible, si émaciée, qu'il lui était impossible de se lever de son lit, même pour aller à la fenêtre dans le grand fauteuil Voltaire respirer une bouffée d'air pur.

Le curé s'était repris à espérer, en dépit des hochements de tête du médecin, confiant dans la robuste constitution de la paysanne.

Il ne la quittait plus pourtant, hanté par la terreur que Dieu la lui reprît tout à coup pendant une de ses absences. Il ne cédait qu'aux impérieuses nécessités des offices ou des confessions.

Un soir, il avait été porter le Saint-Viatique à un moribond, assez loin de Moutiers, sur les hauteurs de la Reçonnière.

Comme il descendait le coteau avec son sacristain, vers minuit, ils aperçurent tout à coup, dans une éclaircie de futaies, une lueur immense qui embrasait l'horizon. Les deux hommes eurent le même cri :

— Mais c'est le feu ! Mais c'est à Moutiers !

Et ils hâtèrent le pas, sourdement oppressés de la même angoisse.

— C'est peut-être chez moi, pensait le vieux sacristain.

— Si c'était au presbytère ! songeait le curé, s'épouvantant à l'idée de sa pauvre vieille mère surprise par les flammes dans son lit, d'où elle ne bougeait presque plus depuis le coup de mort que lui avait porté la fuite d'Émilienne, et qui n'avait que l'aide chancelant d'une bonne sexagénaire pour tout secours.

Une fois dans la vallée, ils ne virent plus rien ; puis, au bout d'un quart d'heure de marche précipitée, comme ils approchaient du cimetière, la lueur reparut un peu sur la droite, mais très évidemment de l'autre côté de Moutiers.

— Dieu soit loué ! s'écria le curé, ce n'est pas au presbytère.

Les deux hommes, les poumons délivrés de cette angoisse, se remirent à causer.

— Où penses-tu que ce soit, Cormois, demanda le prêtre ?

— M'est avis, monsieur le curé, que ça se pourrait ben que ça soit à Bêlou.

— A Bêlou ?... En effet !

Et le curé fut étreint d'une autre inquiétude, moins violente il est vrai. C'est qu'à côté de Bêlou se trouvait Marinbère. Et il exprima tout haut cette opinion que c'était peut-être Marinbère qui flambait.

— C'est soûrment une meule de foin, réfléchit le sacristain, sans conviction, pour rassurer le doyen.

Mais, dès qu'ils eurent dépassé les premières maisons de Moutiers, ils furent fixés.

Des femmes, dans la nuit, réveillées par le départ de la pompe, jacassaient sur les portes, avec des : « Hellà ! Signeû ! » apitoyés. Elles racontèrent que le feu était à Marinbère, que la pompe était déjà partie avec la plupart des hommes.

— Cormois, va au feu, savoir... Moi, je ne quitte pas ma pauvre mère, cette catastrophe va l'achever.

Et le prêtre se précipita vers le presbytère avec l'espoir d'arriver avant la nouvelle du malheur et d'en émousser l'acuité.

Mais sitôt que la lourde porte d'entrée eût tourné sur ses gonds, le curé vit bien, aux vagues bruits qui emplissaient la maison, inusités à pareille heure, qu'il y avait du nouveau.

Il rencontra la vieille bonne, qui descendait l'escalier.

— Ah! monsieur le curé, quel malheur, le feu qu'est à Marinbère !

— Oui, oui, je sais ; mais maman ?

— Hélas ! elle est bien mal ; ça l'a achevée.

— ... On lui a donc dit !...

— Ah! monsieur, pas besoin de lui

dire, ça a fait assez de tapage quand la
pompe est partie, elle a entendu des gens
qui demandaient où était le feu et d'autres
qui répondaient...

Le prêtre franchit rapidement la dernière marche et poussa la porte de la
chambre.

La malade était étendue sur le dos,
immobile, la face si blême et si fondue
qu'on eût pu la croire morte. Une longue
bougie qui fuliginait sur la table de nuit
ajoutait encore à l'illusion.

Madame Brunetère avait rouvert les
yeux au bruit de la porte et tourné doucement la tête :

— C'est toi, dit-elle d'une voix presque
insaisissable.

Et il y avait dans ce *toi* une tendresse
indicible. On sentait qu'il n'existait qu'un
seul être au monde qui était *toi* pour elle.

— Ah! vois-tu, dit-elle, j'avais si peur
de mourir sans t'avoir revu,

— Ah ! maman, mourir ! interrompit douloureusement le curé.

— Hélas ! oui, mourir, mon fils, il faut bien y penser... C'est la fin, vois-tu. Dieu me rappelle à lui, que sa sainte volonté soit faite.

Puis sa pensée se reporta tout à coup à Marinbère.

— Les pauvres enfants ! C'est épouvantable ! Les voilà ruinés, peut-être. Mais tu es là, tu les aideras... Pourra-t-on les sauver ?... Hélas !...

— Je t'en supplie, maman, ne te tourmente pas, on peut se tromper, et puis il y a des chances pour que ce ne soit qu'un peu de foin qui brûle... En tout cas, ils auront eu tous les trois le temps de fuir.

— Qui sait... C'est peut-être l'expiation.

— J'ai envoyé Cormois là-bas, il nous donnera des nouvelles.

Il se fit un silence. Puis la malade murmura d'une voix qui devenait de plus en plus basse et lente,

— Vois-tu, mon fils, il faudra *lui* pardonner, plus tard, quoi qu'*elle* ait fait... Le droit de juger appartient au bon Dieu seul. Le bon Dieu sonde les reins et les consciences, il a pardonné à Marie-Magdeleine. Nous autres qui ne savons pas les pourquoi, de quel droit dirions-nous : « elle a bien fait, elle a mal fait »? Nous ne savons pas. Nous ne pouvons que souffrir des égarements des autres. Nous ne pouvons que dire : « Dieu les voit, Dieu les juge. »

— Elle a raison, pensait le curé, la commisération c'est la grande vertu humaine. Soyons-nous cléments les uns aux autres.

Et comme si elle eût voulu exprimer que la religion tout entière s'y résumait, Madame Brunetère récita distinctement *l'acte de charité* avec une onction exaltée qui amena une larme aux yeux de son fils.

Le médecin arriva sur ces entrefaites. Uniquement, avait-il dit par considération pour le doyen, car il était bien persuadé qu'il n'y avait rien à faire.

Il prescrivit une ordonnance pour la forme ; et, comme le curé le reconduisait et lui demandait, de l'autre côté de la porte : — Eh bien ? Le praticien répondit :

— Mon cher monsieur, il ne faut pas vous faire d'illusions, je dois à votre âge et à votre caractère de tout vous dire. A l'aube, Madame votre mère ne sera plus.

Madame Brunetère s'éteignit en effet, les deux mains dans celles de son fils, comme les premières lueurs du jour blanchissaient les rideaux de la fenêtre.

VII

Ce soir-là, Thibaut dit tristement à sa femme qu'à son avis le moment prédit par le médecin était malheureusement bien proche, que la seule chose qui aurait pu amener une amélioration dans l'état du pauvre Aveline était le retour de sa femme, mais qu'il était bien peu probable maintenant qu'on la revoie.

Ah ! il faudrait bien se résoudre, comme l'avait dit le médecin, à mettre le pauvre garçon dans une maison de santé...

C'était bien triste, ah! oui, bien misé-
rable, cette vieillesse qu'ils allaient avoir.
Mais enfin, tout de même, il ne fallait pas
mettre tout au pis. On pourrait peut-être
s'arranger pour que les quelques années
qui leur restaient encore à passer dans ce
monde ne soient pas trop amères.

Eh bien, voilà. Une fois Aveline dans
un hospice, on louerait Marinbère et on
irait habiter Moutiers avec l'oncle Louis et
la petite Marie qui allait sur ses trois ans
•et qu'il était grand temps de faire revenir
de nourrice. On serait en famille avec la
vieille mère Brunetère et le curé de Moutiers...

Ils devisaient devant leur porte dans ce
calme alangui du crépuscule.

L'oncle reposait déjà, fidèle à ses
vieilles habitudes de se lever et de se
coucher avec le soleil, mais eux étaient
venus « prendre le frais », peu tentés de
se coucher « comme les poules » par une
température aussi brûlante, laquelle ne

faisait que commencer à être supportable,
grâce à la brise qui soufflait sur la rivière
avec un petit bruissement doux et prolongé
dans les aulnes de ses bords.

Le silence était si absolu qu'on perce-
vait très distinctement le bruit de mâchoire
d'un cheval rentré tard de course qui man-
geait son avoine dans l'écurie à côté, écra-
sant lentement et régulièrement les grains
sous ses énormes molaires plates et larges
comme de petits pavés.

— Je ne croyais tout de même pas rentrer autant d'foin qu'ça c't'année, fit Thibaut qui voulait changer le cours de la
conversation. Et il est ben sec. J'ai core
été obligé de défendre tantôt au garçon
d'écurie de monter dans l'*fani* avec sa pipe
allumée. La moindre petite *belluette* met-
trait le feu là-dedans. Et si ça prenait,
y'aurait pas moyen de s'sauver, j'flambe-
rions tous.

Mais Cécile, hantée par des préoccupations d'autre sorte, reprit :

6

— Ça ne sera peut-être ben pas core tant si aisé de l'mettre dans un hospice ; y voudra pas.

— Ben mais, les gens de ces maisons-là n'ont-y pas l'habitude, dis ; savent-y pas ben ? C'est pas le premier, parguié... On f'ra c'qui faudra..,

— Ah ! l'pauv'e gas !...

— Ben oui, mais... y sera ben mieux. Et pis nous itou.

Quelque chose craqua soudain au-dessus d'eux. Et comme ils levaient la tête, ils aperçurent, dans la baie noire de la porte du fenil, les yeux luisants d'Aveline qui les écoutait, à plat ventre, les mains crispées au montant de l'échelle.

Ils rentrèrent, un peu troublés d'avoir entendu ses lèvres siffler une sorte de ricanement sinistre.

Marinbère se divisait en deux parties bien tranchées. D'un côté de la cour, sur le bord de l'eau, le moulin, avec ses meules, ses engrenages, ses roues, ses cylindres, ses poulies, sa bluterie, ses greniers à blés et à farine ; de l'autre côté, tournant le dos à la vallée, le long rez-de-chaussée de la ferme avec tout le premier occupé par un immense grenier à foin, bondé jusqu'aux tuiles, qui s'étendait, aussi bien sur la maison d'habitation que sur les écuries contiguës.

La partie habitée contenait deux pièces seulement, complètement indépendantes l'une de l'autre et ne présentant d'ouverture que sur la cour. L'une était vide à l'heure actuelle. C'était l'ancienne chambre d'Émilienne et d'Aveline ; le maître et la maîtresse Thibaut habitaient l'autre, une vaste pièce dans laquelle leur immense lit à baldaquin semblait une bercelonnette d'enfant. Une haute cheminée à manteau, dont le foyer se renfonçait à peine dans la muraille, tenait tout un côté. A la Noël un tronc de charme tout entier y servait de « trifouë », et chaque matin on y jetait une

« bourrée » d'un bloc pour faire cuire la
soupe aux gens de la ferme qui venaient
la manger trois fois par jour sur la longue
table en vieux chêne, rougi et lustré
par des ans et des ans d'encaustique et
d' « huile de coude ». A côté du lit, une
petite porte s'ouvrait dans la laiterie où
les jattes de lait et les pots de crème s'alignaient sur les étagères dans la pièce qui
n'ouvrait sur l'ombre de la prairie que
deux petites fenêtres grillées et herméti-
quement abritées contre les mouches par
l'occlusion de toiles métalliques.

L'oncle Louis couchait au moulin,
comme au vieux temps, ainsi qu'Aveline
qui s'était installé un lit de fer dans un
coin du grenier à blé, depuis le jour où sa
femme était devenue enceinte.

Ces derniers temps, Aveline avait aban-
donné son lit pour le fenil et il s'était fait
sous les tuiles, avec des bottes entassées,
une retraite dissimulée, introuvable, au
fond de laquelle il passait des nuits enfié-

vrées, hantées de cauchemars, hallucinées
de visions farouches, harassées de sursauts
brusques, dans la suffocante température
qui tombait des tuiles et la griserie exci-
tante qui montait du foin.

C'est de cette retraite qu'il venait de
sortir en rampant, attiré par le bruit des
voix, et sa curiosité mise en éveil par son
nom qu'il venait d'entendre prononcer.

Il resta longtemps accroupi dans la porte
du grenier, immobile, l'oreille au guet, le
front crispé comme par un pénible effort
de pensée, écouta toute la conversation
des deux époux, entendit Thibaut « cou-
riller » en deux coups secs le haut et le
bas de la lourde porte en chêne, et, tout à
côté, le garçon d'écurie sacrer après un
cheval qui se grattait bruyamment la nuque
au bord de sa mangeoire...

Puis tous les bruits se turent dans la
ferme. Thibaut avait soufflé la chandelle,

6. -

les bêtes elles-mêmes paraissaient tombées dans le sommeil.

Pas un souffle n'agitait les couches d'air. Pas une feuille ne remuait dans la campagne endormie.

La lune s'était levée, une jolie lune bleuâtre, qui adoucissait de sa lueur le vert crû des arbres et semblait verser avec sa lumière le calme et l'apaisement. Aux bords du petit ruisseau qui dégringolait du côteau à la rivière, des grenouilles bayaient à la lune. Et parfois on entendait, se mêlant à leurs basses coassantes, le coup de gong du crapaud, ce rossignol des mares, ce soprano mélancolique dont la voix de cristal est le charme des nuits campagnardes.

Tout à coup, une silhouette se profila toute noire dans la cour endormie, éclatante de lune. C'était Aveline qui descendait doucement de son échelle.

Une fois à terre, il arracha un gros piquet dans la haie du jardin contigu à la

maison, décrocha un fouet de charretier
qui pendait à côté de l'écurie, sépara la
lanière du manche, et revint, en assour-
dissant ses pas, près de la porte de l'habitation. Puis il posa le piquet de travers, à
la hauteur de la poignée du loquet, appuyé
des deux bouts aux murs. Alors, avec des
précautions infinies, il passa la lanière du
fouet dans la poignée de fer, et de là autour
du rondin de chêne, à différentes reprises,
faisant plusieurs tours et consolidant avec
des nœuds. De telle sorte qu'il était
impossible d'ouvrir la porte du dedans
et que les Thibaut étaient prisonniers,
les deux fenêtres des deux pièces étant
étroitement grillées.

Le pauvre dément avait opéré avec une
adresse de sauvage, si bien que pas le
moindre frôlement n'avait secoué la porte.

Il remonta lentement dans son grenier,
en atténuant ses pas le long de l'échelle
pour que le garçon d'écurie ne l'entendit
pas.

Presque aussitôt les quatre baies du
fenil vomirent une fumée âcre qui sortit
à pleines portes.

Puis une flamme immense envahit le
grenier d'un bout à l'autre, d'un bloc, fil-
trant par les tuiles.

Dans les écuries, les bêtes s'agitèrent,
flairant le danger, les vaches meuglèrent
lamentablement, les chevaux jetèrent des
hennissements stridents. Réveillé en sursaut, le garçon d'écurie vit tout à coup le
reflet des flammes et entendit craquer les
tuiles. Il poussa un hurlement :

— Au feu !

Sautant sur un cheval, il lui passa la
longe du licol entre les dents, en guise de
bridon, et traversa la cour au galop en
criant :

— Au feu !... au feu !...

Et il s'élança sur la route de Moutiers,
en activant le galop de sa bête de coups
de talons désespérés.

Comme il traversait Bélou de son galop

effréné, clamant de sa voix enrouée par
la terreur : « Au feu ! au feu ! » des fenêtres
s'ouvrirent :

— Où ça, le feu ?

Il répondit, dans le vent de sa course :

— A Marinbère !

Il alla d'une traite jusqu'à la gendarmerie, située à moitié chemin de Bêlou et de
Moutiers, réveilla les gendarmes, et, repar-
tant, toujours de son galop furieux qui
époumonnait sa bête, dans la direction
de Moutiers, traversa le pont et grimpa la
rue à pic qui monte de la vallée.

Ce galop nocturne qui, à la campagne,
a une signification si précise que personne
ne s'y trompe, réveilla bientôt le bourg
entier. Des têtes se montrèrent aux
fenêtres, regardant, épeurées, passer
comme une trombe ce cavalier fantastique,
en bonnet de coton et en bras de chemise,
éperonnant de ses talons nus les flancs
haletants d'un cheval blanc d'écume.

Certains le reconnurent.

— Tiens! le feu est à Marinbère; c'est le garçon d'écurie du moulin.

Il s'était arrêté sur la place et cognait à grands coups de poings dans la boutique du quincailler, adjoint au maire. Celui-ci ouvrit presque tout de suite la fenêtre du premier.

— Qu'est-ce qu'y y'a donc?

— Le feu! à Marinbère!

— Et ben! mon garçon, faut réveiller Jean, le clairon des pompiers... J'descends.

Le garçon d'écurie traversa la place d'un temps de galop et se remit à cogner à une autre boutique, une petite boutique de bourrelier, fermée d'étroits volets minces, numérotés à la craie. Jean avait l'oreille dure, les voisins se réveillaient tous autour de lui, mais rien ne remuait dans sa maison. Pourtant, par les rues qui rayonnaient de la place des gens arrivaient au pas de course.

Et ils furent bientôt une dizaine à tambouriner sur les volets du bourrelier. Jean se décida enfin à montrer sa tête dépeignée et ses yeux pochés de sommeil. On le mit au courant, et en un clin d'œil il fut en bas, son clairon aux lèvres, sonnant la générale à pleins poumons.

Déjà, des zélés parcouraient les rues, beuglant avec des voix lamentables :

— Au feueueu..! Au feueueu..!

Et l'on entendait dans la nuit claquer les portes au long des trottoirs ; des gens galopaient, vêtus sommairement, leur seau à la main, demandant où était le feu.

Deux des premiers arrivés parmi les pompiers, en attendant que la compagnie fût au complet, avaient été réquisitionner des chevaux à l'auberge du Cheval-Blanc, pour les atteler au chariot de la pompe. Quand tout le monde fut là, le lieutenant donna le signal, et la colonne s'ébranla, pompiers en tête, tout Moutiers derrière, pêle-mêle, hommes, femmes et

gamins, trottant au milieu d'un bruit
d'anses qui grinçaient.

A Bêlou, comme à Moutiers, le tocsin
sonnait, égrenant dans la nuit ses notes
sinistres et monotones.

— Le v'là ! le feu ! fit tout à coup un
des sapeurs qui tenait la tête de la colonne.

A droite, en effet, une flamme immense
rougeoyait dans le touffu des verdures.

— C'est un feu conséquent, remarqua
placidement Hugot un vieux pompier,
maçon de son état, lequel n'en était plus à
compter les incendies qui avaient détruit
« ses » maisons, celles qu'il avait bâties.

Derrière, la foule faisait ses réflexions,
comparait le feu actuel au dernier, celui de
la ferme des Grouas, poussait des cla-
meurs subites chaque fois qu'une poussée
de la flamme envoyait dans l'air, plus haut,
des gerbes d'étincelles, de même que des
curieux poussent des ah ! instinctifs d'ad-
miration au feu d'artifice, quand éclate une
fusée plus belle que les autres.

VIII

La cour du moulin était déjà pleine de monde ; il en arrivait toujours. Des coteaux voisins, des gens dégringolaient à travers champs, chacun avec son seau, enjambant les échaliers et s'interpe'lant au travers des haies.

Comme la pompe débouchait au grand trot dans la cour de Marinbère, on entendit un formidable craquement. C'étaient les planches du fenil qui s'écroulaient sur

7

le rez-de-chaussée en éclaboussant d'étincelles la foule qui recula avec une clameur
d'épouvante. Et puis, ce fut des « ah ! mon
Dieu ! » d'horreur.

Car une même pensée était venue tout
à coup à tous ceux qui étaient là. Où
étaient le maître et la maîtresse Thibaut ?
Et Aveline, le pauvre innocent ? S'étaient-
ils sauvés demander asile à une ferme voisine, ou gisaient-ils sous les décombres,
surpris par l'asphyxie dans leur lit, pendant
leur sommeil ?

Personne ne les avait vus.

Les premiers qui étaient arrivés au feu,
réveillés par le tocsin et guidés par la
lueur, croyaient avoir entendu de loin
comme des coups violents qu'on aurait co-
gnés « amont » une porte. Quelqu'un affirma
même avoir très distinctement perçu les
cris : « A moi ! A moi ! » hurlés d'un ton
étranglé d'angoisse par une voix qu'il
croyait être celle de Thibaut. Mais quand
ils étaient arrivés au moulin, tout était

retombé dans le silence ; les portes du rez-
de-chaussée brûlaient.

Le vieux meunier Louis, tout hébété de
terreur, ne sut donner aucun renseignement.

C'est à peine si l'on put démêler, au
milieu de l'incohérence de ses paroles,
qu'il avait, lui aussi, dans son sommeil,
entendu frapper, mais qu'il ne s'en était
pas autrement préoccupé, persuadé que
c'étaient les chevaux qui piaffaient dans
l'écurie. Il avait été réveillé par le galop
terrifié des bêtes, qui avaient rompu leurs
attaches.

Le bonhomme semblait sous l'impres-
sion d'une secousse cérébrale violente.

Ce réveil brusque dans l'incendie, ce
désastre, cette disparition de Thibaut, de
Cécile et d'Aveline, leur mort malheureusement trop probable lui avaient porté un
coup funeste. Sa pauvre vieille tête blanche était prise d'un tremblement convulsif
et sa langue s'empâtait peu à peu comme

glacée par une paralysie imminente ; il
bredouillait :

— C'est la... la faute... au gas faignant.

La pompe, manœuvrée par seize gaillards vigoureux qu'on relayait toutes
les cinq minutes, lançait des paquets d'eau
dans la fournaise. Il ne restait plus maintenant de l'immense rez-de-chaussée que
les quatre murs noircis. Le foin du grenier,
particulièrement sec, avait flambé en quelques secondes, enflammant les solives du
toit et les lambourdes des planchers. La
charpente, écroulée, entassait sur le sol un
amoncellement de fumerons que léchaient
çà et là les langues pointues des flammes
éparses. La chaîne s'était organisée : les
seaux vides, d'un côté, que faisaient cir-
culer les femmes, les seaux pleins de l'autre, seaux de bourgeois et seaux de
campagnards, seaux de toilette et seilles
massives, en bois cerclé de fer.

Chaque ménagère prudente avait noué
à l'oreille ou à l'anse un bout de ruban,
de galon, de lacet, de ganse ou de ficelle,
pour reconnaître son bien dans le tas, tout
à l'heure, au moment du retour.

La double chaîne s'allongeait, serpen-
tait jusqu'à la rivière, à travers le petit pré
de bordure. Des blagues s'échangeaient,
pour faire passer le temps.

— Quiens ! v'la le seau au gas Gauquier
qui passe, je reconnais la jarretière de sa
femme.

En effet, un seau circulait à la file, avec
une jarretière bleue nouée à son oreille.

Un rire courut du côté des seaux vides.
Une femme dit :

— L'gars Pacôme la connaît p'têt'e ben
core mieux que tai, la jarretière à la Gau-
quière.

Et les rires de redoubler.

Pacôme, accouru au feu comme tout le
monde, restait silencieux. Cet incendie

le bouleversait comme s'il avait eu conscience d'y être pour quelque chose.

Il s'était placé à l'extrémité de la chaîne,
tout près de l'eau. Il plongeait les seaux
dans la rivière, et les passait tout ruisse-
lants à son voisin. C'était un poste fatigant
pour lequel il fallait de grands bras et un
homme solide. Car au bout de peu de
temps on y était trempé des pieds à la tête.

Tout à coup, une grande clameur
retentit ; on criait dans la foule massée
autour du moulin et toujours grossissante :

— Aveline ! Aveline !

C'était Aveline en effet, surgi on ne sait
d'où, et qui, la barbe et les cheveux
roussis, les vêtements en lambeaux, courait le long de la chaîne, semblant chercher quelqu'un de ses yeux hagards, et
découvrant ses dents de loup dans un
rictus d'une expression de férocité implacable. La chaîne se rompit ; les femmes,
affolées, glapissantes, s'enfuirent, lâchant
les seaux vides.

— Pour sûr, y va faire un malheur, fit une voix.

Arrivé au bord de l'eau, Aveline aperçut tout d'un coup Pacôme qui le regardait, figé à sa place, très pâle. Le fou poussa un rugissement terrible et, avant que le jeune homme eût seulement songé à se mettre en état de défense, avant que personne eût eu le temps d'intervenir, Aveline, d'un élan irrésistible, bondit à la gorge de Pacôme, l'enlaça de ses bras musculeux et se jeta à l'eau, où ils disparurent tous deux dans un bouillonnement d'écume.

Des cris « au secours ! au secours ! » retentirent. Mais personne, même parmi les meilleurs nageurs, n'osait se risquer à plonger dans les trois mètres d'eau qu'il y avait à cet endroit et s'exposer à être accroché par les poignes formidables d'Aveline.

Il semblait visible que celui-ci, pour étouffer plus sûrement Pacôme, s'était

cramponné d'une main à quelque racine de
fond et maintenait de l'autre son ennemi,
décidé à périr avec lui. Mais le clerc était
vigoureux, excellent nageur, habitué à
plonger. Il se défendait avec énergie, à
en juger par les remous que faisait la
rivière au-dessus d'eux, et le tas de
feuilles pourries, de bois mort, de racines
arrachées qui remontaient à la surface.

Des femmes hurlaient d'horreur, suppliant les hommes d'essayer quelque chose
pour sauver le malheureux Pacôme. Mais
ceux-ci hochaient la tête, se sentant impuissants. On en oubliait l'incendie, qui
s'éteignait, d'ailleurs, faute d'aliment, et
dont les pompiers commençaient de fouiller
les décombres pour s'assurer que le maître
et la maîtresse Thibaut ne s'y trouvaient
pas.

Cette lutte dura deux minutes à peine.
Peu à peu les remous s'apaisèrent, le
bouillonnement s'arrêta, les derniers cer-
cles allèrent se briser doucement à la rive

et la rivière redevint calme, silencieuse, plate, miroitante, sous les premiers rayons du soleil qui se levait, impassible, là-bas, derrière les peupliers.

Hugot, le sergent de pompiers, accouru aux cris des femmes, déclara qu'il fallait immédiatement lever les vannes, que la violence du courant entraînerait forcément les deux corps dans le chenal où il courait à peine un pied d'eau. Il était encore possible de les sauver si on se pressait.

Et pendant que deux hommes s'installaient aux manivelles, un troisième enfourcha un des chevaux de la pompe et partit au grand galop chercher le médecin de Moutiers.

Les palles se levaient lentement, avec un bruit strident de fer qui grince. La rivière se précipitait par l'ouverture, en cataracte mugissante; mais les deux noyés restaient invisibles.

7.

La foule attendait, anxieuse, les regards braqués sur la rivière, dont le niveau baissait très sensiblement. Chaque minute qui s'écoulait apportait une chance de moins à la possibilité de vie des deux malheureux.

Au bout d'une heure la rivière avait assez baissé pour qu'on pût apercevoir ceux qu'on cherchait.

Un attendrissement remua la foule ; quelques femmes poussèrent des cris aigus.

— On les aura avec une échelle, fit placidement Hugot.

Aveline s'était accroché de la main gauche à une souche de la rive, et sa main droite étranglait le cou de Pacôme dont il tenait les deux cuisses emprisonnées dans l'étau des siennes. Les mains du malheureux clerc, comme dans un effort désespéré, s'étaient crispées autour du bras d'Aveline, pour se dégager, mais sans y parvenir, de sa poigne de fer.

On eut beaucoup de mal à détacher les doigts d'Aveline de la racine qu'ils avaient agrippée.

Le médecin arrivait juste au moment où on retirait les deux corps de l'eau. Il commença par essuyer les mucosités qui leur coulaient de la bouche et du nez et le sang qui leur sortait des oreilles. Il déclara qu'il ne fallait pas désespérer, parce qu'on a vu parfois des noyés ne revenir à la vie qu'après plusieurs heures de soins persistants.

Et il indiqua les soins d'usage.

Les deux malades furent couchés sur le côté droit, la tête un peu relevée, leurs vêtements coupés à grands coups de ciseaux, pour ne leur imprimer aucune secousse, et on se mit à les frictionner vigoureusement pendant que le médecin exerçait méthodiquement des pressions sur la poitrine et l'abdomen, de façon à simuler l'acte respiratoire.

Mais tous les soins furent inutiles. Les pressions eurent surtout pour effet de vider l'estomac des noyés de l'eau qu'ils avaient avalée et qui leur refluait de la bouche, limoneuse, avec des gargouillements.

Le lieutenant de pompiers s'était approché du médecin, perçant la foule.

— Ils sont morts, n'est-ce pas ? demanda-t-il.

— Dame, maintenant je n'ai plus d'espoir, répondit le médecin.

— Ça fait quatre, alors.

— Comment quatre ?

— Oui, quatre... Venez avec moi, répondit simplement le pompier.

On venait en effet de retirer des décombres le maître et la maîtresse Thibaut, presque entièrement carbonisés.

IX

L'oncle Louis s'en est allé mourir au presbytère de Moutiers, un mois à peine après l'incendie du moulin de Marinbère. La paralysie lui a rendu, quelques minutes avant sa mort, l'usage de sa langue. Il en a vite profité pour bégayer à son neveu, d'un ton acerbe où se réveillaient tous ses ressentiments :

— C'est toi qu'es cause de tout, mon gas faignant ; si t'étais resté au moulin, si

tu t'étais mis meunier comme ton père et
comme ton grand-père, y nous s'rait ren
arrivé de mâ, ren en tout ; j'serions tous
heureux, au moulin, au jour d'aujourd'hui.
Au lieu de ça, y a pu ni moulin ni personne... Je m'en vas itou, asteure. Et j'en
suis bénaise...

Et il expira.

L'abbé Brunetère a bien blanchi, ces
derniers temps. La mort de sa mère surtout l'a laissé très accablé. Pour mettre
un peu de baume sur toutes ces douleurs,
l'évêque, qui trouve le curé très éprouvé,
l'a fait tout récemment avertir, par voie
officieuse, qu'il l'avait désigné pour le
doyenné de Montué-sur-Huisne.

LA MAISON VERTE

LA MAISON VERTE

Une lettre de Giroux, murmura Harry Children réveillé en sursaut par sa concierge. Quel formidable événement peut bien avoir contraint ce paresseux à sortir de son inertie épistolaire ?

Illiers, le...

« Mon cher Harry,

« Il m'en arrive une détestable... Tu connais mon oncle. »

Si je le connais ! La meilleure cave
d'Illiers...

Trop de bordeaux, par exemple. Une
manie de province. C'est le diable de leur
faire comprendre que le bourgogne est le
roi des vins... Enfin !

« Figure-toi que cet animal-là est en
train de se marier. »

A cinquante-cinq ans ? Le gros sale !

« Tu comprends que ça ne fait nullement
mon affaire... »

Parbleu ! Un détournement d'héritage ?
D'autant plus qu'à cet âge-là, si la femme
est jeune, il y a toujours des enfants —
c'était, du moins, l'avis de Corvisart.

« ... car ma tante est plus jeune que
moi... »

Tiens ! tiens !

« ... et mon oncle m'a fait sentir qu'il

serait peu convenable que je continuasse à faire vie commune avec lui.

« Ce mariage-là est ridicule d'abord et ensuite gênant. C'est donc à toi que j'ai recours. Il faut, tu m'entends, *il faut* absolument que tu fasses manquer cette affaire-là. Tu dois bien avoir dans ton sac quelque bon vieux truc... Enfin je compte sur toi.

« Mon oncle est actuellement à Paris pour une quinzaine de jours. Ce n'est pas encore pour la corbeille de noces, mais c'est tout comme. Prends donc le premier train et accours ici. Tu me sauves.

« Et je t'en aurai une éternelle reconnaissance.

« André GIROUX. »

Le soir même, Children était à Illiers.

— Je te remercie, dit-il à son ami, après les premières poignées de main échangées, de l'excellente opinion que tu as de moi, mais, en vérité, *a priori*, cela me semble assez difficile d'obtenir le résultat que tu attends. Quelques renseignements, toutefois. Qu'est-ce que cette femme ?

— Une donzelle assez fine, mais sans fortune, qui a flairé un magot, et qui s'est arrangée pour enjôler le bonhomme. Mon oncle la rencontre fréquemment dans une famille de Nogent-le-Rotrou qui donne des soirées de temps à autre. Sa mère est une bégueule d'une correction exagérée, très à cheval sur les principes.

— Est-elle bonne cavalière, au moins ?

— Tu blagues, mais les deux mâtines vont nous donner du fil à retordre.

— En tout cas, à demain les affaires sérieuses ; pour le moment allons faire dodo.

Le lendemain, dès six heures, Harry était debout : le silence ambiant l'avait réveillé.

— Si tu veux, proposa André, levé

aussi déjà, pour nous ouvrir les idées et l'appétit nous allons faire une promenade en voiture. Thermidor, le poney de mon oncle, trotte comme un pur sang, et nous avons le temps d'aller prendre le vermouth à Nogent.

— Accepté, d'autant plus que je serais bien aise de faire la connaissance de cette petite ville qui va peut-être devenir la base de nos opérations.

Le poney, attelé rapidement au minuscule et léger tilbury, piaffait d'impatience dans la grande cour herbue de la maison et humait avec délices l'air matinal en allongeant le mufle et en montrant ses fines dents blanches. Et ce fut avec des hennissements sonores qu'il s'élança, le nez au vent, sur la route, bordée de berges que verdissaient les premiers souffles chauds d'avril.

— Voilà Nogent, remarqua tout à coup André, en désignant du doigt plusieurs groupes de petites maisons très blanches, séparées par de gros bouquets d'arbres...

— Et... plus près, à quelque dix mètres de nous, qu'est-ce donc que

> Cette blanche maison calme, gaie et fleurie
> A l'abri d'un rideau de trembles ombrageant
> Ses ardoises d'azur de leur masse assombrie,

comme dit le Poète, et qui nous apparait

> ...Au bas de la prairie
> Où miroite et gazouille un ruisselet d'argent?

— Ça, c'est une brasserie servie par des « dames »; la « Maison-Verte » comme on l'appelle communément à Nogent. Elle est d'importation récente et, comme tu le vois, on l'a placée à portée de la caserne, ce grand bâtiment massif que tu peux apercevoir sur la gauche. On y boit de très mauvaise bière, d'ailleurs, et si tu veux y goûter, ne fut-ce que pour faire connaissance avec ces dames...?

— Comment donc? mais certainement,

répondit Harry, d'autant plus que je viens
de trouver, grâce à cela, le moyen demandé
de faire rater le mariage de ton oncle.
Chut! pas de questions indiscrètes. J'ai
mon plan, je te l'exposerai tout à l'heure.
Entrons...

Ils avaient mis pied à terre. Et pendant
qu'André attachait son cheval par la bride
à un anneau de fer fixé dans la muraille,
Harry frappait à la porte qui s'ouvrit presque instantanément. Il est probable qu'ils
avaient été signalés de loin car l'on s'em-
pressa au-devant de clients aussi inespérés,
l'ordinaire des consommateurs étant fourni
par la caserne dont le mur d'enceinte est
mitoyen avec celui du jardin de la Maison-
Verte.

— Surtout, recommanda Harry aux trois
ou quatre serveuses de bocks accourues
à la rencontre de ces « messieurs », surtout, mes petites chattes, soignez bien mon
cheval Thermidor et bourrez-le de sucre,
il l'adore.

Et ils se firent servir des tas de ma--
dères.

. Les cinq donzelles s'installèrent à côté
d'eux dans la petite salle étroite, se déta-
chant chacune à tour de rôle pour aller
porter du sucre à Thermidor qui, de sa vie
de poney, ne s'était jamais vu à pareille
orgie.

— Je ne comprends toujours pas où tu
veux en venir avec ton plan, interrogea
André quand ils eurent regrimpé dans le
tape-cul de l'oncle, et je ne vois pas trop,
jusqu'à présent, pourquoi il était nécessaire de s'arrêter dans ce bouge pour faire
rater le mariage de mon oncle.

Harry eut un sourire narquois.

— Tu me navres, mon pauvre ami. Décidément l'air nogentais t'est malsain. Il te
déprime cérébralement. Puisqu'il faut te
mettre les points sur les i, voici mon plan,
dans toute sa machiavélique horreur :

Ton oncle, m'as-tu dit, va rester une bonne quinzaine à Paris. Eh bien, nous, pendant ce temps-là, tous les matins, régulièrement, nous viendrons prendre le madère chez ces dames. Il est détestable, mais la question est plus haut. Thermidor, gavé quotidiennement de sucre, va si bien s'habituer à cette existence, il va si bien connaître la maison...

— Pas un mot de plus, fin compère... Tu es plus retors que Talleyrand...

Une quinzaine de jours environ après ces événements, l'oncle Chamonard, dès le lendemain de son arrivée, proposa à son neveu et à Children de les mener à Nogent.

— J'ai quelques petites courses à faire en ville, leur dit-il, je vous abandonnerai à vous-même par toute la journée. Vous serez libres, mes gaillards, de vaquer à

8

vos plaisirs, et nous repartirons ensemble
le soir.

— Parbleu, songea André, il va porter ses galantes emplettes à ma future
tante.

— Accepté, mon oncle, fit-il tout haut.
Seulement je propose que nous allions par
l'ancienne route qui est très pittoresque
et que mon ami Harry ne connaît pas.

— Soit, répondit l'oncle, il fait un
soleil magnifique et nous avons le temps.

— Ne m'as-tu pas dit, s'enquit Children
quand ils furent arrivés à Nogent, que ces
dames avaient une petite campagne sur la
route d'Illiers.

— Parfaitement ; et tantôt, après le
déjeuner, mon oncle ne va certes pas
manquer de proposer à ces dames de les
y mener.

— Tout va bien. Je reconnais là l'index
de la Providence, déclama Harry. Mais en

attendant que nous allions jouir du pimenté spectacle que tu devines, si nous déjeunions ?

Et André emmena son ami au *Dauphin* où ils arrosèrent d'un pomard du bon coin un de ces savoureux pâtés de perdreaux dont Félix, cet artiste incomparable, a le secret.

Vers les deux heures, ils s'acheminèrent, l'âme en joie et l'esprit rasséréné, du côté de la brasserie. La maison, très coquettement assise au bas d'un coteau, est assez distante de la ville.

Il leur fut donc aisé de trouver, presque en face, un hallier propice, où pointaient déjà les primes feuilles, et d'où ils pussent inspecter les abords et assister, sans être vus, à la comédie qui allait se jouer là tout à l'heure.

— Ne bougeons plus, fit André tout à coup, les voilà.

En effet, le roulement encore lointain d'une voiture devenait de plus en plus distinct ; et bientôt les deux amis purent distinguer Thermidor, dont la longue crinière flottait au vent secouée par une course rapide ; puis, dans l'américaine, l'oncle, sur le siège de devant, tourné de trois quarts, très galamment, vers deux femmes à demi penchées vers lui.

Mais déjà Thermidor arrivait à la hauteur de la petite maison ; et soudain, avant que M. Chamonard, qui ne s'y attendait nullement et qui avait l'air très intéressé par la conversation de ces dames, eût pu s'y opposer, Thermidor quitta brusquement la route et vint s'arrêter, en piaffant et en hennissant d'un air de connaissance, devant la porte de la trop fameuse brasserie.

Presque aussitôt, celle-ci s'ouvrit, donnant passage à une demi-douzaine de femmes court-vêtues qui se précipitèrent à la bride du cheval en s'écriant, sans même songer à regarder qui était dans la voiture :

— Tiens, Thermidor ! Bonjour Thermidor !

Et on l'embrassait et on le caressait...

Avant que M. Chamonard ahuri, stupéfait, épouvanté, ait eu le temps d'essayer une explication, Madame Crivolin, rouge de honte et d'indignation, se précipita avec sa fille hors de la voiture, en lançant à Chamonard cette phrase du Parthe :

— Je rends grâce à la Providence, monsieur, qui a permis qu'un hasard nous dévoile vos débordements sardanapalesques et vos habitudes d'ivrognerie invétérée. J'espère que vous n'oserez plus vous représenter chez moi. Viens, ma fille !...

8.

LES

ALIÉNÉS DE BOIS-GENSON

ALIÉNÉS DE BOIS-GENSON

———

Février finissait, humide et quinteux, et les arbres bourgeonnaient déjà sous la tiède haleine de mars dont on sentait les premiers effluves.

Un matin, le père Launay était en train de faire la *hâe* au bout du champ de blé qui allonge, derrière la ferme, ses sillons déjà verts, quand il s'entendit soudain appeler par sa femme.

— Qu'est-ce qué peut ben m'vouloué,

songea le bonhomme qui savait qu'on ne le *juppait* d'ordinaire qu'à l'heure du déjeuner ?

Il accrocha sa serpe au crochet de fer qui pendait à sa ceinture de cuir, et rentra à la maison. Sa femme lui tendit une lettre que le facteur venait d'apporter et qui portait le timbre de la Préfecture.

Car le père Launay, cultivateur, est le maire de Bois-Genson, cette pittoresque agglomération de trois cents foyers qui étalent, au bord de la route de Cloyes à Mondoubleau, leurs fumiers odorants et les cours empatouillées de leurs fermes.

Et comme il sait à peu près lire et presque écrire, c'est lui à qui incomba l'honneur d'être placé à la tête de la municipalité de Bois-Genson.

Le brave homme mit ses lunettes, et épela laborieusement la lettre administrative. Au bout d'un quart d'heure d'un travail consciencieux, il finit par comprendre que le préfet lui mandait de lui envoyer le nom, le nombre, et les moyens de subsistance des aliénés qui peuvent se trouver dans la commune.

— Eh ben ? fait la femme.

— Dame ! soupira le bonhomme, c'est que je ne sais point ce que c'est que ça, moué, des aliénés !

— Ma fine ! moué itou, dit la femme.

On appela le garçon de labour qui avait été dans le temps deux ans à l'école, mais il déclara que ce mot-là ne se trouvait point dans la grammaire.

Nos paysans étaient bien embarrassés. A qui diable demander ce renseignement ?

Au maître d'école ? Il n'y a pas de maître d'école, à Bois-Genson. Au curé ? Mais c'est le jour de *conférence* pour tous les prêtres du canton. Il est à Sarget et ne reviendra que ce soir, et ses idées, peut-être, ne seront pas bien nettes.

Si Mondoubleau n'était pas si loin....... oui, mais deux lieues !.....

— Attends donc, fait la femme. J'allons

savoué ça tout à l'heure. La diligence de Mondoubleau à Cloyes va passer; et on dit que Leriche, le conducteur, est un gas ben savant; il est toujours dans les livres.

— C'est vrai, réfléchit le père Launay, Leriche va nous dire ça.

Leriche arrivait au petit trot de ses deux alezans. On apercevait de loin sa barbe fauve et son menton simiesque qui s'agitaient dans une conversation très animée.

Le père Launay l'interpella, et lui exposa le cas, fort embarrassant, qui le préoccupait.

Leriche, flairant une bonne farce à faire, cligna ses petits yeux gris, avec le hochement de tête qui lui est particulier, et, au milieu d'un sourire narquois qui se perdit dans les halliers de sa moustache, il répondit d'un ton bon enfant :

— Les aliénés ? petit père... mais, parbleu, ce sont ceux qui vont à la messe !

Le père Launay partit, très satisfait de l'explication.

Le dimanche suivant, il se posta à la porte de l'église, un crayon à la main, et inscrivit tant bien que mal le nom de tous ceux qui sortaient du saint lieu. Puis, conformément au désir du préfet, il en envoya la liste, avec son nom en tête, à son supérieur, qui en fit un rapport spécial, étonné qu'il se trouvât tant d'aliénés dans une si petite commune.

LA DÉPÊCHE

LA DÉPÊCHE

—————

Madame, une dépêche, cria la bonne, en ouvrant brusquement la porte de la salle à manger.

Une inquiétude vague assombrit toutes les physionomies. Depuis tantôt trois ans qu'elle s'était installée à Paris, avec le fils qui était venu faire ses études médicales, la famille Meslou ne s'était point dépouillée complètement de ses préjugés de province ; une dépêche lui causait toujours une vive frayeur.

Celle-ci portait comme suscription :

« A M. Louis Meslou, 136, rue Rous-
selet. »

— Faut-il la décacheter, interrogea la
mère qui redoutait un malheur ?

— Tu sais, maman, fit remarquer la
sœur, que Louis ne rentrera pas déjeuner
ce matin, c'est le jour de la consultation,
et ce jour là tu te rappelles qu'il reste toujours à déjeuner avec ses amis.

— Nous ne pouvons pourtant pas rester
ainsi dans l'indécision, intervint la tante,
nous serions trop tourmentées d'ici ce soir.
Et puis une dépêche cela se décachète
toujours, c'est trop grave.

Madame Meslou rompit le cachet fiévreusement.

La dépêche ne contenait que six mots :

« Mort ! Viens vite pour enterrement.

« CHARLES. »

— Ah ! je sentais ça, larmoya la digne
femme ; mort ! Mais qui mort ? Est-il permis

de ne pas être plus clair que ça !... C'est
signé Charles... Evidemment Charles
Hulère, l'ami de Louis et le médecin de la
famille. Tenez, vous voyez, cela vient de
Montué. C'est bien sûr ce pauvre cousin...
Oh ! mon Dieu ! si vite que cela !... Je sais
bien qu'il y avait longtemps qu'il traînait.
Sa dernière attaque de paralysie faisait
prévoir ce résultat. On s'y attendait de
jour en jour, et pourtant, quand ça arrive,
cela vous donne un coup...

Et tout le monde de se lamenter.

— C'est égal, remarqua tout à coup la
tante, c'est drôle tout de même que la
dépêche soit adressée à Louis qui n'est
jamais là... Puis comment se fait-il que
M. Hulère n'ait mis que ce mot : Mort !...
Si c'était une plaisanterie, par hasard ; une
farce d'étudiant ?

— Oh ! par exemple, on ne plaisante
pas avec ces choses là ! Ce n'est pas possible. Quel ennui que Louis ne soit pas là,
il nous aurait éclairé quelque peu. Où le

trouver? Si j'allais à l'hôpital, il est midi ;
il est sans doute encore là.

— Tu as raison ; cours-y vite, nous sau-
rons peut-être à quoi nous en tenir.

Madame Meslou mit son châle à la hâte
et sortit.

Restées seules, la sœur et la tante,
naturellement, se montèrent la tête.

« Il fallait partir au plus vite et aller
là-bas. Cette pauvre Juliette devait être
dans un tel état d'affolement qu'elle aurait
grand besoin d'amis et de parents autour
d'elle. Pensez donc ! Être seule pour s'occuper de tous les détails de l'enterrement !
Elle aurait bien la tête à ça. Elle qui était
déjà si bizarre dans les conditions ordinaires
de la vie, elle pour qui le moindre changement dans ses habitudes, le moindre
incident venant troubler son tête-à-tête
avec son chat Zizi est une affaire d'état.
Puis elle aurait certainement maille à partir
avec le curé vieux jeu qui ne voulait pas
laisser s'introduire à Montué l'habitude du

corbillard. Etait-ce assez affreux ce mode
d'enterrement qui subsiste encore dans certaines parties de la Normandie : cette confrérie qui s'appelle la Charité, chargée d'enlever le corps et de le conduire au cimetière,
composée, en presque totalité, de bonshommes dépenaillés, des gens tarés pour
la plupart, affublés burlesquement d'oripaux
défraîchis et bariolés qui les faisaient
vaguement ressembler à des baladins de
foire exécutant une lugubre parade. Ah!
ce n'était pas pour dire, mais on les avait
vus assez souvent, quand ils allaient à la
campagne *faire* un enterrement, revenir à
travers champs absolument ivres, sans
compter les fois où on les avait trouvés
dans les fossés, cuvant leur cidre, la croix
d'un côté et la bannière de l'autre. »

Madame Meslou rentrait à ce moment,
un peu essoufflée. Elle avait marché vite.

Louis n'était nulle part. Ni à l'hôpital,
ni au cours, ni à Clamart. On ne pouvait
pourtant pas attendre ainsi jusqu'au soir,

9.

puisque la dépêche disait « Viens vite ».
D'autant plus qu'il pouvait bien ne pas
rentrer.

— Je ne vois qu'une chose à faire, conclut tante Lucile : partir. Restez toutes les
deux, si vous voulez ; moi je vais prendre
l'express de cinq heures. Juliette aura
certainement besoin de nous, on ne peut
la laisser seule en un pareil moment ; je
pars.

Elle mit dans un petit sac ce qui lui était
absolument indispensable pour une nuit,
et partit à pied pour économiser une voiture. Du reste, la gare était à deux pas. Il
avait été convenu qu'elle enverrait de là-
bas un télégramme, s'il était nécessaire
qu'ils vinssent tous.

Tante Lucile arriva de nuit — c'était en
plein hiver — et fut un peu surprise de ne
trouver personne à l'attendre. Après tout,

ce n'était pas plus étonnant que cela, il
pleuvait et la gare était loin du bourg.

Elle s'orienta assez difficilement, à cause
de l'obscurité, et pataugea de ci de là dans
les flaques d'eau, un peu embarrassée,
avec son sac d'une main, son parapluie de
l'autre, pour relever sa robe qui traînait en
faisant flic flac sur ses talons. Elle recon-
nut la gendarmerie qui massait un gros pâté
sombre sur la gauche, et aperçut, un peu
obscurci par la pluie, le reverbère qui
tremblottait à l'extrémité de sa haute
potence, à l'entrée du pont.

Toutes les maisons étaient fermées déjà.
Il n'était que huit heures pourtant, mais à
Montué on se couche tôt. Puis il faisait un
temps de chien, un temps comme disait ce
mauvais gars de Louis, à mettre sa belle-
mère dehors.

Elle était arrivée tant bien que mal à la
porte du cousin. Elle souleva le lourd

marteau de fer qui retomba bruyamment,
éveillant l'écho endormi du long corridor.
Quelques instants s'écoulèrent, puis un
bruit de savates traînantes l'avertit qu'on
allait ouvrir et la porte s'entrebailla, pru-
demment.

— Ah bah! c'est vous! Mademoiselle,
cria la vieille bonne, ah! bien! Mademoiselle va être bénaise de vous voir; si vous
voyiez dans quel état elle est, cette pauvre
demoiselle... Ah! mon Dieu, comme vous
êtes mouillée... Venir de Paris tout
exprès... Ah! ben! que Mademoiselle va
donc être contente de vous voir! Elle est là
dans le salon... Toute seule maintenant, la
pauvre mademoiselle... C'est ça, donnez-
moi votre parapluie; entrez donc, je vas
vous préparer à manger... Ah ben!...
Entrez donc.

Mademoiselle Juliette s'était levée en
entendant parler dans le corridor.

— Comment! c'est toi, ma chère Lucile,
tu sais donc...Et tu viens de Paris...Comme

tu es gentille... Mais comment as-tu
appris... Ce pauvre chéri... ça n'a pas été
long, va!... Ce matin encore, il était là,
dans ce fauteuil, avec moi... Au fond, tu
sais, je m'y attendais, voilà longtemps
qu'il traînait... il vomissait partout, c'était
dégoûtant... Mais il m'aimait tant, je lui
pardonnais tout. C'est bien gentil à toi
d'être venue exprès de Paris... Et là-bas,
comment va-t-on ? Louis travaille, hein ?
Il ne fait pas trop de folies. Mais j'oublie
que tu dois avoir faim... Eugénie !...
Eugénie.. ! Tu ne saurais croire quel vide
ça me fait. Je n'avais que lui. Une pauvre
vieille fille comme moi ça s'attache à tout ;
C'est pas pour mon pauvre frère que je
dis cela, mais tu ~comprends bien que,
dans sa position, ce n'est pas une société
pour moi... Toujours la même chose tu
sais, il ne dit plus un mot maintenant. Ah !
me voilà bien seule. Et ce pauvre chéri
qui m'a quittée... Mais que la sainte volonté de Dieu soit faite!

— Mais enfin, interrompit brusquement Mademoiselle Lucile, de qui donc parles-tu ! Qui donc est mort, ici ?

— Comment ! qui ? mais tu ne sais donc pas... C'est mon chat, ce pauvre Zizi...

Quand Louis Meslou rentra, vers six heures, sa mère lui apprit la mort du cousin et lui donna la dépêche.

— Mais c'est de Charles, fit-il en éclatant de rire tout à coup. Où diable avez-vous vu qu'il était question du cousin là-dedans ?

— Enfin comment expliques-tu ?...

— Mon Dieu, c'est bien simple, j'avais écrit à Charles deux ou trois lettres restées sans réponse. Hier, je lui envoie une dépêche ainsi conçue :

« *Es-tu mort ? réponds vite.* »

Il me répond sur le même ton :

« *Mort, viens vite pour enterrement.* »

— On n'envoie pas des dépêches comme

ça, nous en avons été malades toute la journée. C'est une farce absurde!

— Mais, sacrebleu! ce n'est pas une farce, Charles répond à ma dépêche, sachant que je comprendrai ce que ça veut dire. Vous autres vous l'ouvrez, vos imaginations travaillent, et vous bâtissez toute une histoire...

— Et ta tante qui est là-bas?...

— Elle est bien bonne!... Bah! ça la promènera.

UNE

HISTOIRE DE REVENANT

Une HISTOIRE de REVENANT

———

Je suivis la rue à pic qui montait de la gare. Je n'étais pas arrivé au tiers que mes yeux qui cherchaient, à droite et à gauche, aperçurent, se balançant au vent, un écriteau où une belle main avait tracé en bâtarde : *Maison à louer*.

Je connaissais assez peu Boisat, cette bourgade où j'arrivais par un clair matin de mai. Je l'avais choisie presque au hasard, sur la carte, en plein pays normand, toutefois ; et j'avais résolu de passer là trois mois au moins, peut-être six, dans un isolement absolu, en dépit du *vœ soli* de l'Ecriture ; trois mois à mélancoliser à mon aise, par les chemins creux et les routes blanches. Je n'avais pas, exprès, emporté un seul livre, et j'espérais que le « buraliste » de la localité n'aurait que des journaux du pays à m'offrir.

Je préfère presque, suivant les circonstances, le « vin de pays » aux « grands crus ». Et, pour les feuilles, c'est la même chose. Les commérages du *Bonhomme normand* me ravissent. Cela change des chroniques étincelantes de Scholl et des causettes fumistes de Caliban.

Je soulevai, au long de la montée, un vif émoi. Le maréchal du bas de la rue s'arrêta de ferrer un gris pommelé qui se mit à hennir bruyamment en tournant vers moi les deux cornets de ses courtes oreilles. Le « gniaff » releva sur son front,

pour mieux me voir, ses besicles rondes,
à monture d'acier ; et le bourrelier qui
cirait un harnais resta une seconde la
brosse en l'air à me dévisager.

Sur les portes, les ménagères étaient
accourues, les bras nus, rouges, luisants
d'eau de vaisselle, la jupe relevée et attachée, en un gros paquet, par derrière, les
pattes de la « gouline » flottant sur les
épaules.

La maison qui avait attiré mon attention
ne présentait rien que de très ordinaire.
Je m'étais arrêté devant elle, parce que
c'était la première qui s'annonçait comme
à louer, et que, pour moi, celle-ci valait
celle-là.

Au moment où j'allais sonner, afin de
savoir à qui m'adresser, le voisin, un petit
ferblantier à la mine matoise qui tapait sur
un chaudron, se leva de son escabeau et
vint à moi, un peu courbé, en serrant son

chaudron, un petit chaudron en cuivre
rouge, dans sa serpillère.

— Vous voudriez voir la maison, monsieur ? dit-il.

— En effet.

Le petit ferblantier appela :

— Hé ! Florine !

— La Florine va venir, monsieur. C'est
elle qui a la clef. C'était *leur* bonne. *Ils* lui
ont laissé une petite rente que lui sert
M. André, le légataire universel. Il n'habite pas ici, alors il a chargé Florine de
louer la maison.

La Florine arriva, un grosse commère
fraîche encore, malgré ses quarante-cinq
ans bien sonnés.

— C'est-y que vous voulez louer ? me
demanda-t-elle de suite.

— Dame, ripostai-je en souriant, ap-
prouvé par un petit rire clair du ferblantier, attendez au moins que j'aie visité la
maison.

La bonne me précéda, tout en cherchant la clef dans sa poche.

Dès mon premier pas dans le corridor, un corridor étroit tendu d'un papier à raies dont le bleu vous restait aux coudes quand on le frôlait, je fus saisi, suffoqué presque, par l'humidité moisie de sépulcre qu'on respirait là.

Le corridor ne recevait de jour qu'à l'autre bout, de côté, par une petite imposte cintrée, vitrée de carreaux glauques, guère plus grands que ceux d'un échiquier.

— Voici d'abord le salon, me dit la Florine, en ouvrant une porte au milieu du corridor.

— Parfait, les meubles y sont encore !

— Ah ! rien n'a été changé depuis *leur* mort. Monsieur avait si peur qu'on vendît ses pauvres affaires. C'est pour ça que Madame, qui s'en est allée la dernière, a laissé, par testament, sa maison avec tout ce qu'il y a dedans à M. André, un neveu de son mari qui habite Paris, et qui ne

fera jamais ça, lui... Il est ben trop gentil
pour ça.

C'est dans le salon qu'elle me disait
cela, un vieux salon bien bourgeois, bien
province, trop long pour la largeur, tendu
de papier sombre à reflets de velours et
d'or, et meublé d'un canapé en reps grenat,
de trois ou quatre fauteuils inamovibles au
pied desquels une roulette manquait, et de
deux douzaines de chaises qui s'alignaient,
symétriques et compassées, le long du mur
où appendaient quelques portraits photo-
graphiques, éclaboussés des macules blanches de la vétusté. Au milieu, un petit gué-
ridon laqué étalait un tohu-bohu de bibelots
insignifiants. Dans le fond, une glace immense, tenant presque la moitié du panneau,
reflétait le profil d'une cheminée en marbre
blanc où, entre deux chandeliers d'argent,
sous globe, une haute pendule empire
indiquait une heure immobile.

Au bout du corridor, on montait deux
marches. Sur le palier, juste en face, don-

nait la salle à manger ; à gauche, sous le cintre de l'imposte, une petite porte s'ouvrait sur la basse-cour ; à droite, l'escalier grimpait aux chambres, un escalier aux marches hautes, cirées à l'encaustique jaune, incurvées et usées au milieu par le passage de combien de pieds ?

La Florine me précéda dans la salle à manger dont elle alla pousser les volets.

C'était une pièce grande, très claire, assez gaie, tapissée d'un papier cuir, jaune safran. A droite, le panneau était occupé d'un bout à l'autre par un placard qui tenait lieu de buffet et par une alcôve.

— C'était là où *ils* couchaient, me dit-elle, en ouvrant les deux vastes portes.

Son mouvement avait, en effet, mis à découvert un lit, très haut, comme on les affectionne en province.

— Monsieur pourra en faire aussi sa chambre à coucher, c'est plus commode.

Détail singulier, sous la porte fermée passait la musique ronronnante et mélanco-

lique du vent qui gémissait, avec des rin-
forzando absolument imprévus par ce mois
de mai, particulièrement calme. Comme
j'avais entrouvert le battant et le rappro-
chais du chambranle, tout près, le vent
éleva la voix, montant et descendant la
gamme de sa plainte suivant que j'ouvrais
ou fermais la porte.

— Ça « jonfle » toujours comme ça, me
dit la Florine, même quand il ne fait pas
de vent dehors. C'est drôle. Mais ça ne
fait ça qu'ici, ajouta-t-elle, comme pour
me rassurer.

En me retournant, j'aperçus tout à coup,
assis sous la table, un chien que je n'avais
pas vu entrer avec Florine, un chien de
chasse, assurément, de cette variété de
braque particulièrement fine, svelte et
intelligente qu'on appelle le pointer. Ce
que je vis tout d'abord — et je ne vis même
que ça, — ce fut ses yeux qui ne me quit-
taient pas. Des yeux bruns très grands,
très profonds, d'une fixité de regard, d'une

expression de douleur si vive, si frappante, si extra humaine qu'elle me troubla. Toute la tête d'ailleurs, et je dirai même tout le *visage*, portait l'empreinte d'un accablement morne, avec ses sourcils froncés, ses lèvres pendantes, son museau bas et ses oreilles qui tombaient, ses longues oreilles de velours noir qui le coiffaient si bien. Il n'avait pas fait un mouvement. Il avait attaché sur moi son regard, voilà tout.

— C'est *leur* chien, expliqua la Florine. Ah ! c'est ben lui qu'a eu le plus de peine, la pauvre bête. Il aimait tant son maître ! Il n'y a pas eu moyen de le faire sortir d'ici, depuis leur mort. Madame me l'a donné, en mourant, pour que j'en prenne soin, le pauvre vieux, mais il s'entête à ne pas venir chez moi. Je suis forcée de lui apporter sa soupe ici. Encore il ne la mange que du bout des dents. On dirait que le pauvre animal veut se laisser périr. Il a tant eu chagrin ! Tenez, monsieur, on ne croirait peut-être pas à ça, à Paris, mais

le jour de l'enterrement de Monsieur (tout
le monde ici vous le dira), on avait enfermé
le chien dans le bûcher, par mesure de
précaution. Et voilà qu'au moment où on
enlevait la bière, Tom, qui avait réussi à
ouvrir la porte du bûcher, je ne sais comment, se précipite comme un fou au travers des gens qui étaient là, en aboyant
avec fureur après les croque-morts, après
M. le curé, après tous ceux qui approchaient du cercueil. Certainement, si je
n'avais pas réussi à le calmer et à l'emmener par son collier, il serait devenu enragé
à force de fureur. Ah! les bêtes, allez, ça
oublie moins vite que le monde. Tenez,
voilà quelques jours, dans un lot de vieux
vêtements que Madame m'avait donné,
j'ai retrouvé un pantalon à Monsieur. Eh
bien, Tom l'a bien reconnu, allez. Il l'a
flairé dans le tas, et s'est mis tout à coup à
hurler, si tristement que ça m'a fait pleurer. Car voyez-vous, monsieur, dit Florine en s'essuyant les yeux du dos de la

main, je les aimais bien, moi aussi. C'étaient de si braves gens !... Ah ! c'est-y triste, tout de même, de s'en aller comme ça, les uns après les autres.

Je songeais — moi qui ai le culte pieux du passé et la religion des souvenirs — que je n'aurais jamais pensé à louer ou à vendre cette maison de paix où aurait gambadé mon enfance. J'aurais laissé ces choses en l'état, les meubles en leur place, tels qu'ils étaient aujourd'hui. Je n'aurais surtout jamais permis qu'un étranger vînt troubler le silence de ce mausolée des souvenirs, où, parfois, à certaines heures de mélancolie, — alors que la vie semble lourde et que l'inconnu de la mort, le mystère de l'au-delà, vous attire dans une espèce de vertige — mon cœur serait venu en pèlerinage et pleurer à son aise, et s'avouer à lui-même ses rancœurs, ses faiblesses, ses amertumes et ses douleurs.

Tout comme si elle avait répondu à ma pensée secrète, Florine me dit tout à coup :

— M. André ne peut pas habiter la maison. Il est retenu à Paris pour ses études. Et comme il n'est pas riche, le pauvre garçon, il a bien été obligé de louer. Mais comme il loue en garni et qu'il tient à tout ce qu'il y a ici, il m'a bien recommandé de ne louer qu'à des personnes « convenables » ... Si monsieur veut voir le jardin.

— Et le chien ? n'est-ce pas Tom que vous l'avez appelé ?

— Parfaitement. Tom, viens ici, mon vieux chien.

Et elle lui fit un appel de la main sur le genou.

Mais Tom, conservant son attitude figée, se contenta de battre le parquet de deux ou trois coups discrets de sa queue, cependant qu'une lueur s'allumait dans son regard morne.

— Il me fait peur avec son œil fixe, me dit Florine, et je ne coucherais pas ici maintenant pour un empire. Entre nous, monsieur — je ne devrais pas vous dire ça, parce que c'est dans le cas d'vous empêcher de louer — mais, voyez-vous, y a des moments où je m'imagine qu'il *revient* ici... Vous voyez ben c' fauteuil, là, au coin de la cheminée, c'était le fauteuil de Monsieur. Ah! on n'y a pas touché. Il est resté là, d'la veille de sa mort. Il aimait à tisonner, Monsieur, c'était sa grande occupation. Eh ben, un soir... Allons dans le jardin, je ne pourrais pas vous raconter ça ici... Ça m'a tellement tourné les sangs que j'en ai été malade pendant quinze · jours.

Le jardin, un parterre minuscule aux carrés enfantinement dessinés, séparés par des allées microscopiques, où deux enfants de trois ans n'auraient pu se promener de front, était prolongé du

côté de la maison par une petite cour
où, du temps des vieux, quatre ou cinq
poules s'engraissaient, très familières,
accroupies, à journée entière, sur l'appui
de la fenêtre de la salle à manger, s'y fau-
filant même parfois, sans façon, pour y
picorer les miettes de pain tombées de la
table. A l'autre extrémité, il était borné
par une petite terrasse plantée de quatre
grands sapins mélancoliques, laquelle
s'appuyait à une petite colline abrupte,
touchant brusquement l'horizon.

La frondaison noire des sapins et leurs
rameaux dégringolés étendaient sur tout
le jardin une ombre épaisse et qui, le soir,
quand s'était caché le soleil, derrière les
futaies de la colline, devenait lugubre et
frissonnante.

— Mais votre histoire? fis-je à Florine.

— Je vous ai dit, monsieur, que j'apporte deux fois par jour ici la soupe à mon
chien, puisqu'il ne veut pas abandonner

son ancienne maison. Un soir, j'avais été retardée plus que d'habitude, il était entre neuf et dix heures, j'ouvre la porte de la salle à manger. Ah! Monsieur, je jure sur ma part de paradis que c'est vrai... Le chien était assis à côté du fauteuil de son maître, le cou étendu et le museau allongé comme quand Monsieur vivait et que Tom posait sa tête sur le genou de monsieur pour se faire caresser. Sa queue battait le parquet à petits coups et il couchait les oreilles comme quand Monsieur lui passait la main sur la tête. Prise d'une peur folle je m'enfuis. Quand j'arrivai chez moi, j'étais en nage... J'ai été quinze jours à me remettre de cette émotion là. Maintenant on ne me ferait plus entrer ici, ni pour or, ni pour argent, quand la nuit est venue.

— Eh bien, mademoiselle Florine, c'est entendu, je loue. Il me semble que je me plairai ici. Mais à une condition. C'est que les habitudes de Tom ne seront pas changées.

— Oh! monsieur, je n'aurais jamais osé vous le demander. Et pourtant le pauvre chien aurait été si malheureux que vous le mettiez à la porte.

— Je compte sur vous, n'est-ce pas, pour faire mon ménage ? Ce ne sera pas grand'chose, du reste. Je serai toujours seul et n'occuperai que la salle à manger.

— Comment ? Monsieur, vous allez coucher... dans la salle à manger.

— Mais Florine, vous me le conseilliez vous-même, tout à l'heure... Cela me serait plus commode, disiez-vous.

— Oui, mais... après ce que je vous ai dit...

— Hélas, Florine, je ne crains plus les revenants...

Je rentrai le soir d'assez bonne heure, après dîner. J'avoue que j'étais curieux de voir le *phénomène*. Non pas que je doutasse un seul instant du fait affirmé si positivement par la brave fille — en principe, je crois à la possibilité de tout — mais il pouvait avoir été mal *vu* par elle.

Lorsque je pénétrai dans la salle à manger, Tom était accroupi sous la table, à sa place habituelle, le museau allongé sur les deux pattes de devant. Il m'accueillit par un grognement sourd qui s'éteignit presque aussitôt, mais son regard, un regard coulant qui remontait le long de ses sourcils froncés, s'attacha sur moi avec une expression singulière d'inquiétude et d'interrogation. Je me penchai vers lui et le caressai doucement, mais malgré mes caresses et mes appels, il persista à rester dans son coin.

De mon lit, l'alcôve toute grande ouverte, le chien et le fauteuil se trouvant dans le rayon éclairé par ma lampe, j'attendis paisiblement la scène mystérieuse, l'oreille amusée des *vououou...* que le vent gémissait sous la porte. Vers neuf heures, ma lampe se mit à pétiller tout à coup, éclaboussant le verre de petites taches rousses, qui finirent par faire comme un tamis au travers duquel filtrait une lumière tremblotante et incertaine. Le chien, jusqu'alors silencieux, se dressa soudain sur ses pattes, le museau haut, et se mit à jeter, les reins cambrés et les pattes raidies dans une attitude crispée, un ululement étrange, assez semblable à cette plainte chromatique, aiguë, et prolongée, que poussent les chiens qui, suivant l'expression populaire, *hurlent à la mort*. Brusquement, son hurlement se cassa en petits jappements attendris, sourds, étranglés, gloussés en quelque sorte. Et il marcha doucement dans la direction du fauteuil. Puis, il s'assit, le cou tendu, le museau comme posé sur un genou imaginaire, ses yeux de flamme levés vers l'*être* qui *était là pour lui*. Car, évidemment, le chien *voyait*. Son regard l'attestait, comme les battements de sa queue, comme aussi les frissonnements de son poil, chaque fois que *l'apparition* passait la main sur le velours fin de sa tête.

J'appelai, à plusieurs reprises :

— Tom ! Tom ! Tom, viens ici !

Mais rien ne put l'arracher à sa contemplation hypnotisée.

Je restai à Boisat près de six mois. Je vis l'automne jaunir et détacher une à une les feuilles des poiriers tordus et des pêchers rabougris du petit jardin ; je vis l'hiver habiller de blanc les futaies dénudées de la Butte, et je goûtai une joie amère à ouïr les rafales nocturnes pincer la harpe des grands pins qui secouaient lamentablement leurs rameaux échevelés couverts de neige. Et pendant ces six mois, tous les soirs, à la même heure, la même scène se renouvela, incompréhensible et troublante.

Peu à peu, je m'étais fait, à force de diplomatie, l'ami de Tom, qui me rendait mes caresses et m'accueillait, le soir, presque avec joie. Mais jamais, malgré tout, je ne pus le distraire, le moment venu, de la préoccupation de ce qu'il *voyait*.

Je suis repassé quelques années plus tard à Boisat. Je voulais revoir *ma* maison et son mystère.

Hélas! c'est à peine si je la reconnus.

M. André, le neveu, revenu de Paris, marié et médecin, a mis les maçons, les menuisiers, les serruriers dans la vieille demeure.

Ils ont tout transformé.

Le corridor, élargi, pavé de mosaïque parisienne, n'est plus humide. Un large vitrage laisse entrer à flots le soleil au-dessus de la porte d'entrée, une massive porte en chêne ciré, agrémentée de moulures, d'un goût très moderne. André a acheté la maison du petit ferblantier et de la boutique a fait son salon, un grand salon clair qui ouvre une fenêtre sur la rue et une porte-fenêtre sur le jardin.

Disparue, la basse-cour ; mangées, les poules ; ravagé, le petit parterre ; bouleversée, la terrasse. A leur place, des pelouses, des corbeilles de rosiers, des fusains, des arbustes de toute sorte.

Une allée contourne en pente douce la Butte, transformée, elle aussi, en parc anglais, et va dégringoler, bifurquée, sur le versant de la colline, anglaisée comme le reste.

Disparus aussi, les deux « pas » du corridor qui va de plein pied dans la salle à manger, meublée à neuf, — (qu'est devenu le fauteuil de Monsieur?) — et dont la vieille cheminée en marbre noir, où tictaquait l'antique pendule de famille, a été remplacé par un classique poële en faïence, vert japonais, qui fait l'ébaubissement de tout le pays...

La joie bruit, là où régnait le silence. Des enfants courent et gambadent, là où les deux vieux devisaient placidement au soleil, assis sur leur vieux banc moisi par les années...

Dérangé par les maçons, désorienté par cette implantation des nouveaux venus à la place des anciens, Tom, dont les souvenirs ont été émiettés un à un par le pic des démolisseurs, Tom, qui connaissait les « êtres » de la maison, et qui a vu comme une rafale les emporter dans son tourbillon, Tom, qui n'a pu empêcher qu'on reléguât au grenier le vieux fauteuil où l'apparition venait s'asseoir, Tom a senti que le passé était mort, et qu'on lui avait enlevé jusqu'a la possibilité de se souvenir, Tom a compris que l'apparition ne viendrait plus, Tom s'est exilé chez la Florine.

LA TUMEU

à M. Émile STRAUSS

Très sympathiquement
L. T.

LA TUMEU

Dans le tape-cul du père Raguènes, le vieil officier de santé qui, depuis plus de trente ans, distribue des potions inoffensives à Saint-Agil et à dix lieues à la ronde, deux hommes causent joyeusement, avec des éclats de voix qui s'entendent au loin, par-dessus le roulement sec de la voiture sur la route poudreuse.

A la gauche du père Raguènes qui tient les guides de sa main ferme encore, un jeune homme d'une trentaine d'années environ, le docteur Luc Quibaud, le nouveau médecin de Saint-Agil, se rencogne dans le fond de la capote, aspirant avec béatitude la fumée de son cigare.

Arrivé depuis quinze jours à peine de Paris, par un superbe temps de mai, le jeune docteur, piloté chez ses futurs clients par le père Raguènes, décidé maintenant à lui passer la main, se complaît à s'imaginer l'exercice de la médecine, à la campagne, sous forme de promenades délicieuses, tantôt le long des belles routes normandes ombragées et pittoresques, tantôt sous le couvert, empli de bavardages d'oiseaux, des petits chemins de « traverse » tapissés de mousse douce aux pieds du flaneur.

Le cheval, un petit bidet breton, trapu et pataud, trotte menu, l'air las, la tête basse et sa crinière rousse dégringolée dans les yeux. Sur la berge galope un grand chien braque, au poil blanc sale tacheté de feu sur les reins et entre les deux oreilles.

— Tiens ! Pandore qui a une épine dans la patte, observa tout à coup le docteur Luc Quibaud.

Le braque, en effet, s'approchait du marche-pied, sautillant sur trois pattes ; et, la quatrième en l'air, repliée, il sollicitait son maître d'un œil suppliant.

Le père Raguènes sourit dans sa vieille barbe blanche et répondit :

— Pandore ! Ah ! vous ne le connaissez pas ; c'est le roi des fumistes, il *la fait à l'épine*, mais je la connais.

— Comment, il la « fait à l'épine ? »

— Parfaitement, c'est pour que je le monte dans mon cabriolet, il n'a pas plus d'épine que dans mon œil... vous allez voir.

Et se penchant vers son chien.

— Pandore ! animal ! allez ! allez, fumiste.

Sans plus insister, le chien se remit à courir comme avant, sur la berge, dans la bande d'ombre que profilait la haie le long de la route.

— C'est son truc quand il fait chaud, continua le médecin, mais surtout quand j'ai quelqu'un dans ma voiture ; il espère qu'on va « couper ». La première fois qu'il me l'a faite, j'y ai été pris, j'ai cherché l'épine au moins un quart d'heure. « C'est toujours ça de gagné, ruminait Pandore », l'œil en coulisse, en léchant sa patte avec componction, pendant que mon cheval montait la côte au pas, les rênes flottantes. La seconde fois, j'ai encore coupé, mais il a reçu des calottes ; et maintenant, je ne coupe plus du tout.

Le bidet avait repris le pas.

— Eh bien, voyons — fit tout à coup le jeune docteur en secouant l'exquise torpeur de bien-être qui l'envahissait dans ce calme des champs où passait par instants, par bouffées capiteuses, le parfum aigu des jeunes verdures — voyons, notre kyste de l'ovaire, l'opère-t-on aujourd'hui on ne l'opère-t-on pas ?

— Avouez que vous en avez une furieuse envie.

— Cela se fait si facilement aujourd'hui... par une petite boutonnière de quatre centimètres au plus...

— Je vous l'ai déjà dit, mon cher ami, répondit le vieux médecin, si vous êtes sûr de réussir, allez-y. Mais mettez-vous dans la tête que votre insuccès sera âprement commenté, et que les « guérisseux » du pays s'en feront une arme terrible contre vous.

— Vous me surprenez vraiment avec vos guérisseux. Comment ! ici, à trois heures d'express de Paris, il y a encore des rebouteux !

— Et des rebouteux qui, la plupart du temps, sont encore plus écoutés que nous, allez, par les paysans.

— Allons donc !

— Allons donc ? mais nous sommes

pourris de superstitions ici. Mais cet excellent Perche, mon cher ami, est presque aussi arriéré, à ce point de vue, que la Bretagne !

— Oh !...

— Laissons de côté les légendes de revenants ; ne parlons pas des sorciers jeteux de sorts qui clavellent les troupeaux de la Beauce ; ni du Follet, cet esprit farceur, sinon frappeur, qui vient la nuit tresser la crinière des chevaux. Omettons même, si vous voulez, ce cercueil qu'on rencontre parfois, sur les routes normandes, vous barrant le chemin, et qu'il faut prendre à bras-le-corps et retourner, bout pour bout, sous peine de mourir dans l'année. Oh ! vous avez le droit de rire ; pourtant, j'ai vu des gens qui l'avaient fait. Et, ma foi, ce n'était pas absolument des imbéciles.

— Ah bah !

— Eh ! oui. Mais ne sortons pas de notre sujet ; ne nous préoccupons que des *guérisseux*. Eh bien, les guérisseux, savez-vous qu'ils sont légion! Charlatans qui confinent aux sorciers, guérissant les uns par des rites étranges, coupés de prières, les autres par des topiques à eux, mélange d'ingrédients immondes et de simples cueillis dans la campagne, à de certaines nuits, à de certaines heures et à de certains endroits bien délimités. Parbleu! il en est de fumistes, mais il s'en trouve, parole d'honneur! de bonne foi, absolument convaincus, même, de notre impuissance radicale, à nous autres médecins.

— Ah! par exemple, vous m'ouvrez des horizons nouveaux, mon cher maître. Voyons, la côte est longue, vos cigares sont exquis, octroyez-moi donc quelques détails sur ces « confrères » là, pour ma gouverne future.

— Je vous les dois, en effet, répondit le père Raguènes. Il faut bien que vous connaissiez un peu le pays où vous allez manœuvrer,

— Je vous écoute.

— En tête de ces médicastres clandestins; il faut placer, pour les détacher les uns des autres, comme ayant un vague semblant de bon sens, le *rebouteux* et le *jugeux d'eau.*

Le rebouteux *rhabille* les membres cassés. Sur cent accidents de ce genre, le médecin est appelé dix fois, le rebouteux quatre-vingt-dix.

Naturellement, le rebouteux n'a aucune science, se moque de l'anatomie et ignore l'existence de notre Sappey. Il y en a même encore beaucoup qui ne savent pas lire. Cependant, à force de rebouter, ils finissent par acquérir une certaine pratique, et réussissent parfois, — la nature faisant les trois quarts de la besogne — à remettre leurs clients sur pied, sauf, bien entendu, le cas où le bras est *racmodé* à l'envers et la jambe raccourcie de quelques centimètres.

— Heureusement que cette triste mé-
daille a ce joyeux revers!

— Oui, car sans ça il n'y aurait plus,
depuis longtemps, de médecins de campagne. A côté du *rebouteux*, il y a le
jugeux d'iaux. Le *jugeux d'iaux*, lui, porte
son diagnostic au travers de la petite bouteille d'urine que lui apporte la paysanne
qui vient faire son marché. Comme il se
trouve pas mal de maladies qui ont une
certaine influence sur les urines, les jugeux
d'eau peuvent tomber juste de temps en
temps; comme, d'autre part, quatre-vingt-
dix-neuf maladies sur cent se guérissent
toutes seules, et que les malins ne recom-
mandent jamais que des tisanes anodines
qui ne peuvent nullement enrayer le « travail de la nature », il suit de là que leurs
clients recouvrent naturellement la santé,
même malgré eux.

Le jeune docteur poussait sa fumée par
petits jets bleuâtres, avec une moue ironique sur les lèvres et dans les yeux un

profond mépris pour la clientèle ignare
qu'il allait falloir conquérir.

Le père Raguènes, après avoir d'un
coup de fouet caressant remis son bidet au
trot, continua :

— Passe encore pour le rebouteux et le
jugeux d'eaux qui sont presque du métier;
mais les *rêveuses?*

— Qu'est-ce que c'est que ces bes-
tioles-là ?

— Les rêveuses sont des façons de
somnambules qui s'endorment sans le
secours d'aucun médium. Vous allez les
consulter, et sitôt qu'elles vous voient
entrer, elles se précipitent sur leur lit,
prises immédiatement du sommeil som-
nambulique, qu'elles provoquent, c'est-
à-dire simulent, à volonté. Une fois
endormies, elles donnent leurs consulta-
tions, avant même qu'on ait eu besoin de
dire ce que l'on éprouve. Tenez, à quelques lieues d'ici, à Mondoubleau, dans le
Loir-et-Cher, il y a une de ces rêveuses

dont la réputation s'étend jusqu'à Paris.
J'ai même vu, à sa porte, des coupés de
maîtres ! Eh bien, dernièrement, ses deux
enfants étant malades, elle eut bien soin
d'aller demander une consultation à son
« confrère » le médecin, plus confiante,
apparemment, en sa science qu'en la
sienne propre.

— C'est idiot ! Et c'est avec toutes ces
bêtises qu'il me faudra entrer en lutte !

— Eh ! ce n'est pas tout. Le rebouteux
est de tout temps et de tous pays, mais il
y a un groupe de guérisseux qu'on ne rencontre que dans le Perche. Je l'ai gardé
pour la bonne bouche.

— Puisque vous avez tant fait, n'omet-
tez rien, je vous prie, mon cher maître.

— Il y a d'abord les *guérisseux d'effo'ts*.
Et l'on comprend sous ce terme les luxa-
tions, entorses, tours-de-reins, ruptures
musculaires, etc. Le procédé de guérison
est très simple. Il faut que le malade fasse
toucher, à nu, la partie lésée de son individu

à la partie saine correspondante du guérisseux. Avez-vous un effo't dans la hanche,
vous vous couchez tout nu dans le lit du
bonhomme, nu également, et vous frottez
énergiquement votre hanche contre la
sienne. Une demi-heure après, vous vous
levez guéri.

— Quelles brutes !

— Naturellement on trouve chez nous
ce qu'on trouve partout, par exemple le
septième garçon qui guérit les écrouelles,
tout comme les rois — autrefois — par la
seule imposition des mains, mais nous
sommes avantagés d'une maladie bizarre,
qu'on ne rencontre guère, je crois, que
dans notre pays : le décrochement de
l'estomac... Oh ! n'attendez pas de moi
une explication anatomique. De quelle
façon ce viscère assez volumineux va-t-il
se loger dans les bas-fonds intestinaux. Je
l'ignore ; quoi qu'il en soit, il y a deux
modes de guérisou pour les décroche-
ments de l'estomac. D'abord les voyages

(ça se prononce *voiyâge*). Le *voyâge* doit
se faire à pied, soit directement, par la
mère de l'enfant, car cette maladie n'af-
fecte que les enfants en bas âge, — soit
par l'intermédiaire de bonnes femmes qui
en ont le monopole. Un *voyâge* suffit
quelquefois mais souvent il en faut plusieurs.

— Et où va-t-on comme ça ?

— A une chapelle des environs de Lon-
gny, consacrée à un saint qui a la spécia-
lité de guérir cette perturbation viscérale.
Ces voyages n'ont rien que de très banal,
mais le second mode de guérison est plus
intéressant. La maman du bébé malade va
trouver le guérisseux, qui se met la tête en
bas, de façon à décrocher son propre estomac. Aussitôt le sien décroché, celui de
l'enfant est raccroché, par un assez singulier jeu de bascule. Le guérisseux se remet
sur ses pieds et son estomac revient en
place, sans que cette fois le jeu de bascule
fonctionne à nouveau pour l'estomac de

l'enfant. Le guérisseux ne doit toucher que *trente-six* sous comme émoluments, sous peine de perdre son pouvoir, car il est bon de remarquer, entre parenthèse, que ce n'est pas du tout dans un but de lucre que tous ces guérisseux exercent leur petite profession.

— Voulez-vous donc me faire croire que c'est pour la gloire qu'ils travaillent !

— Parfaitement, et, je le répète, ces gens-là sont de bonne foi... mais je continue : A Paris, combien mettez-vous de temps à guérir une entorse ?

— Dame ! trois semaines environ... encore à la condition que la compression et le massage aient été bien faits...

— Eh bien, le *rebouteux*, lui, « remet » une entorse en dix minutes... Voici comment il opère. Il déchausse son pied gauche, frotte le pied gonflé pendant quelques minutes avec son gros orteil, tout en marmottant des paroles cabalistiques, et l'entorse est guérie.

— Voyons! voyons! où sommes-nous?
En Normandie ou chez les Botocudos?

Le père Raguènes semblait s'amuser
énormément de l'indignation de son jeune
confrère. Il continua :

— J'ai interrogé des gens de bonne foi,
et d'une intelligence relative. Eh bien, ils
m'ont affirmé avoir été guéris.

— Comment! c'est vous qui...

— Pardon, je suis un simple consta-
teur de faits, un historien de mœurs. Ce
n'est pas mon opinion que je donne...
Autre chose : Une brave fermière, assez
instruite, et en qui j'ai la plus entière con-
fiance, me disait l'autre jour : « Moi aussi,
monsieur, je ne voulais pas croire à tout
ça. Pourtant il a bien fallu. Tenez, un jour,
je m'étais très grièvement brûlée, en échau-
dant ; j'avais le bras et la main tout rouges.
J'avais refusé de voir la femme qu'à un
ségret pour guérir les brûlures ; je n'y
croyais point. Ma fille l'a fait venir sans

me dire qui que c'était. Elle me prend le
bras, souffle doucement dessus... et le lendemain je n'avais plus RIEN... »

Nous autres médecins, nous avons
pour guérir les cors, un tas d'onguents
plus impuissants les uns que les autres.
Ici, il y a *le bonhomme qui achète les cors.*
— Parfaitement, il les ACHÈTE — Il vous
donne trois sous de la main gauche, en
vous recommandant d'en faire aumône au
premier pauvre que vous rencontrerez, et
de dire cinq *Pater* et cinq *Ave* pendant
trois jours. Le troisième jour, le cor est
parti. C'est d'autant plus séduisant que, là,
c'est le médecin qui paie le malade. On se
débarrasse de ses verrues de la même
façon.

Le carreau si rebelle au traitement des
plus grandes illustrations médicales de
Paris, trouve son maître chez nous. Voici
de quelle façon on le guérit. L'enfant est
étendu tout nu dans son lit. Le médicastre
arrive. Il place très gravement deux petites

pailles en croix sur la poitrine, deux
autres sur le ventre, deux sur chaque
pied, puis d'un air recueilli, tout en réci-
tant des *Pater* et des *Ave,* il embrasse le
point de jonction de toutes les pailles, et,
le lendemain matin, l'enfant se réveille
GUÉRI.

— Mais c'est de la folie pure, cria violemment Luc Quibaud, en jetant son cigare
d'un air rageur.

— Oui, je sais bien, cela a l'air d'une
abominable charge. Et pourtant je vous
donne ma parole d'honneur que c'est ainsi
que cela se passe, non pas exceptionnel-
lement, remarquez-le bien, mais dans la
grande majorité des cas. Règle générale,
les paysans débutent par ces pratiques-là,
et ce n'est que lorsque tout est resté inef-
ficace, qu'on va chercher le médecin, toujours trop tard, comme vous pouvez penser.

Le jeune docteur regarda le père
Raguènes. Il semblait exaspéré. Ses yeux
flambaient. Il dit :

— Vous êtes étonnant, ma parole d'honneur ! Vous me débitez tout ça avec une placidité !...

Le vieil officier de santé gloussa un petit rire sarcastique.

— Parbleu ! moi aussi j'ai commencé par me mettre en colère... dans le temps. Ah ! il y a belle lurette. Aujourd'hui je regarde faire et je laisse dire. Je n'ai pas la prétention de changer les gens... Vous agirez comme moi.

— Eh bien, déclara d'un ton brusque Luc Quibaud, ceci me décide. Cette malade, il faut l'opérer, il le faut absolument... Nous n'aurions pas dû laisser passer ces huit jours sans aller prendre de ses nouvelles... Heureusement qu'elle semblait, la dernière fois, parfaitement décidée...

— Oui, mais, tout de même, ça m'étonne un peu je l'avoue, qu'elle ne nous ait rien fait dire de toute la semaine... Je sais bien que la ferme est à près de quatre lieues de Saint-Agil... Malgré tout, je ne comprends pas que le mari ne soit pas venu, dans l'intervalle, nous affirmer à nouveau qu'ils étaient bien décidés. Ce serait embêtant d'aller là-bas pour rien... Heureusement qu'il fait un véritable temps pour se promener.

— Nous n'irons certainement pas là-bas pour rien... L'opération, je le répète, a été bien décidée il y a huit jours. Oh! ce qui a levé les derniers scrupules, parbleu! je m'en doute, c'est ma promesse de ne pas leur prendre un sou.

— Hé! hé! pas bête ça! Il faut savoir faire des sacrifices pour commencer. Cette opération-là vous sera une excellente réclame; elle va bien vous poser dans le pays. Du coup, les guérisseux sont enfoncés... Mais, dites donc, vous êtes certain, au moins de réussir! Vous êtes sûr de votre diagnostic? Nous sommes bien en présence d'un kyste de l'ovaire?...

— Ben, voyons! nous l'avons assez

12

palpée, auscultée, touchée, tournée et
retournée... Ah ? je mettrais bien ma tête
à couper que les guérisseux, avec tous
leurs baumes, ne feront jamais passer cette
« grosseur » là. C'est mon « baume d'a-
cier » qui la dissoudra... Nous avons là
dans le coffre de la voiture tout ce qu'il
nous faut ; ma boîte est au complet... Avez-
vous pensé au chloroforme ?...

— Oui, oui, il est là... Ce n'est pas ça
qui me préoccupe... Quelqu'un m'a dit
avant-hier qu'on avait vu sortir le gars
Launé de chez notre malade.

— Eh bien ! qu'est-ce que ça peut nous
faire ? Et puis qu'est-ce que c'est que ça,
le gars Launé ?

— Le gars Launé est le plus célèbre
rebouteux du pays... Il y a plus de vingt
ans qu'il reboute, et ma fois, je dois reconnaître, qu'il n'est pas trop maladroit de ses
pattes, l'animal !

— Tant mieux ! son habileté ne pré-
vaudra pas contre un kyste de l'ovaire...

Tout le monde saura que le gars Launé a trouvé plus malin que lui, et que notre bistouri a fait ce que n'ont pu faire ses onguents. Notre succès n'en sera que plus retentissant.

— Ma foi, vous avez raison.

Le soleil de midi tapait d'aplomb sur la route. Pandore, la langue pendante, suivait maintenant la voiture, pas à pas, ne quittant l'ombre que la capote plaquait sur le chemin, et dans laquelle il marchait en chien avisé, que pour aller barboter dans les mares qu'il rencontrait.

Les deux médecins, un peu alanguis de chaleur, se taisaient. Le père Raguènes, qu'une arrière-pensée semblait hanter, dit tout à coup, après un long temps de silence :

— On aurait peut-être dû faire une ponction exploratrice...

— Oh! à quoi bon? Le diagnostic ne fait aucun doute. N'est-ce pas votre avis?

— Assurément... D'ailleurs, à la campagne, ces choses-là épouvantent toujours... Ce qu'il y a de certain, en tout cas, — je connais la famille depuis si longtemps — c'est que nous n'avons contre nous aucune diathèse, ni cancéreuse, ni tuberculeuse, ni syphilitique. La malade a trente ans; c'est le bon âge pour être opérée. Elle n'est nullement affaiblie. Si même je l'avais écoutée, elle ne serait pas malade. C'est à grand peine que j'ai obtenu qu'elle s'alitât quelques jours avant votre arrivée.

— Ce que nous avons surtout pour nous, fit Luc Quibaud songeur, c'est l'air, cet air vivifiant de la campagne. Ah ! les belles audaces chirurgicales qu'on pourrait avoir ici, où aucune infection purulente n'est à craindre...

— Voici la Borderie, interrompit le père Raguènes, la ferme de notre « ovariotomable. »

Surplombant des haies touffues, qui les ceinturaient de verdure, un pâté de bâtiments écrasés faisait une masse isolée à droite de la route, dont le lacet blanc grimpait à pic le versant raide d'un côteau, disparaissant brusquement, à un coude, sous les arbres.

Comme le tilbury entrait dans la cour de la ferme, effarant quelques poules qui voletèrent en gloussant sur un tas de fumier, un paysan parut, en manches de chemise, encadré par la baie sombre d'une porte d'écurie. Les deux coudes appuyés au battant inférieur, il regarda sans mot dire les deux hommes descendre de voiture, et, quand il les vit le pied par terre, il leur demanda d'une voix narquoise, sans bouger de sa place :

— C'est pour la p'tite opération qu' vous v'nez, sourment?

— Dame, mon brave, répondit le père Raguènes, puisque c'est convenu.

12.

— Pour la grosseû, interrogea encore le paysan, en soulignant malicieusement du ton le mot *grosseû*.

— Eh bien oui, pour l'ovariotomie, répondit Luc Quibaud, un peu agacé de ces lenteurs.

Mais le paysan ne bougeait toujours pas. Il riait d'un rire muet qui amincissait sa bouche matoise, piquée d'une barbe rare et courte.

Les deux médecins le regardaient, étonnés, et même un peu inquiets.

— C'est point la peine, dit-il enfin.

— Comment ! c'est pas la peine ? fit le père Raguènes, qui tenait déjà la boîte à instruments. Qu'est-ce que ça veut dire ?

— Quiais ! ça veut dire que l'gas Launé a fait vout'e ouvrage, parguié !

Luc Quibaud rugit :

— Vous dites ?

Mais, sans répondre à l'apostrophe du jeune docteur, le paysan cria :

— Hé ! Mélie !

A l'autre bout de la cour, une grosse fille de ferme, rougeaude et dépeignée, se montra, un marmot en bonnet noir accroché à sa jupe.

— Hé! Mélie! viens-mon icite!

La fille s'approcha. Elle tenait dans ses bras un nourrisson emmailloté et piaillant, et souriait, elle aussi, d'un air linaud.

— Dis-mon, Mélie, v'la l'docteû d'Paris qui v'nant pou la grosseû d'la maîtresse. Y disant comme ça qu'y sont v'nus à deux pour y' ôtai!...

La fille eut un éclat de gaîté sournoise, vite réprimé.

Elle mit son nourrisson sur le ventre pour calmer ses cris, et dit, en le dandinant doucement :

— Ah! ben! fallait pas vous pressai!

Le docteur Quibaud éclata à la fin.

— Voyons, nous n'allons pas coucher là, n'est-ce pas? Finissons-en. Votre femme veut-elle, oui ou non, qu'on l'opère!

Le père Raguènes appuya :

— La maîtresse n'a pourtant pas l'intention de garder sa tumeur?

Le paysan fut secoué d'un rire indéfinissable qui gagna la grosse Mélie. Il lui prit le nourrisson des bras, et, le présentant aux médecins ahuris, il articula en ricanant de plus belle :

— Ténez, la v'là, vout'e *tumeù*.

Le retour ne fut guère loquace. Quelques minutes avant d'arriver à Saint-Agil, le père Raguènes dit simplement :

— Nous avons tout de même eu rudement de nez de ne pas faire de ponction exploratrice.

LA SOLOGNOTTE

LA SOLOGNOTTE

Sur l'unique place du marché de Moutiers-au-Perche, la « louée » s'agitait,
tumultueuse et grouillante, la louée de la
Saint-Jean, la louée des domestiques.
Tranchant sur le bleu luisant des blouses
tassées les unes contre les autres, avec à
peine des interstices où se glissaient d'ef-
frontés gamins narguant les bourrades, les
« mouchoué-de-cou » des paysannes papil-
lotaient, clairs ; le piétinement sur la terre

sèche des sabots, des gros souliers clou-
tés, couvrait le glapissement des colloques
et le débat des âpres marchandages,
comme d'un roulement de tambour assourdi.

A la longue, des groupes se formaient
çà et là autour desquels rôdaient les fer-
miers, s'entêtant dans les prix offerts, hésitant à toper, finauds, retors et lents.

Peu à peu, cependant, la place se vidait ;
et le café du Perron, où refluait la foule,
s'emplissait d'éclats de voix. Attablés
devant des « demis », sirotés à petites lam-
pées, et dégustés lentement, avec des
clappements de langue sonores, les paysans discutaient, échauffés, plus loquaces
à mesure que se vidaient les topettes de fil
en quatre.

Tout à coup, les carreaux de la porte
d'entrée vibrèrent dans leurs cadres et
une voix cria par dessus le brouhaha des
conversations.

— Eh bien ! la Solognotte est louée !

— Qui ça donc ! qui ça qui l'a louée ?
— Le maître Rigaut du grand Retz !

Depuis le matin, on ne parlait que de
la Solognotte, une belle brune de vingt-
quatre ans, très fraîche, appétissante en
diable dans sa pelisse brune, un fin bonnet
de dentelle perché sur son petit chignon
aux cheveux de jais lisses, bien peignés.
Elle venait des environs de Romorantin et
s'offrait comme servante. Et plus d'un fermier qui hochait la tête à voir ses mains
trop blanches, se grattait soudain les
tempes, indécis, singulièrement troublé
par le regard malicieux de ses beaux yeux
noirs et le sourire étrange de sa bouche humide où luisaient de petites dents courtes.

Très farces, enluminés, l'air matois, les
paysans se montraient les uns aux autres
cette belle fleur de Sologne, à grand ren-
fort de coups de coudes dans les côtes,
avec des clignements d'yeux qui en disaient
long.

13

La nouvelle, colportée de café en café, avait fait le tour du bourg. On en glôsait fort, mais on enviait secrètement le nouveau maître de la Solognotte.

— Sacré gas Rigaut, va, y en a que pour li !

— Quiens ! Pargué, y peut ben ! Ren n'y dira ren. Y n'a pas d'femmes à la maison pour eul'faire aller à hue quand y veut tirer à dia. Sacré gas Rigaut. Il est encore pus fuméyier (*) à cinquante ans, que défunt son père, l'guiable me pète !

Le maître Rigaut faisait valoir la ferme du Grand-Retz, dont les herbages bordent la route, à deux kilomètrès dé Moutiers-au-Perche, jouxtant ceux du Petit-Retz qu'à la mort du vieux avait hérités Elisa Cormier. Un partage équitable des biens n'avait point altéré les bons rapports du frère et de la sœur. Ils s'aidaient volon-

---

(*) Feumellier, coureur de femmes.

tiers au moment des récoltes, se prêtant leurs domestiques, même leurs chevaux. Chaque mois, le premier dimanche, Pierre Rigaut allait faire la partie et passer la veillée chez sa sœur. Femme de bon conseil, elle le détournait du mariage, désireuse de réunir un jour les deux Retz dans la main de son fils, Petit-Louis, un gars de quinze ans, doux, robuste et silencieux.

Elisa goûta peu l'entrée de cette « quériàture » chez Pierre Rigaut.

— Mais qu'ai qu't'as besoin de c'te fumelle-là, dit-elle le lendemain à son frère, d'un air soupçonneux. A ton âge, qu'ai qu'on va dire ? Pis d'où qu'ai sort ? Pourquoi qu'ai s'est point placée dans son pays ? C'est pas ben catholique tout ça !

— Tais ta goule, c'est pas ton affaire.

La maîtresse Cormier n'ajouta rien, sachant qu'il ne fallait pas buter son frère, mais elle dit le soir à son mari :

— Vois-tu ben! c'te quériâture-là n'nous vaudra ren d'bon.

— Ben quoi, riposta le fermier avec indifférence, Rigaut s'amusera avec la Solognotte, ben sûr; et pis après?

— Et pis après? Eh ben si yi fait un éfant?

— Eh ben, y s'en apercevra à temps, y sont pas mariés... ça fera un éfant d'hirondelle de pus... v'là-t-y pas d'quoi crier!

Elisa branlait la tête, soucieuse, le regard dur.

Une année s'écoula. La Solognotte gardait sa taille ronde, sa fraîcheur de brugnon, son inquiétant sourire.

— Eh ben? demandait parfois Elisa à son frère, avec une amertume contenue; et ta Solognotte?

Pierre avait un peu perdu de sa belle et joviale humeur de jadis; il secouait doucement la tête et, les yeux vagues :

— Eh ben, mais... ch ben, mais... j'ai pas à m'en plaindre, non... je mentirais si j'disais que j'ai à m'en plaindre.

Non, il n'avait pas à se plaindre de Marie la Solognotte. Elle ne donnait aucune prise à la médisance et travaillait comme deux hommes. Quand il se levait à quatre heures pour aller faire une attelée à la fraîche, il trouvait toujours la soupe fumante sur la table de chêne ; les vaches, tirées à l'heure, engraissaient ; le linge sans un trou, d'une blancheur éblouissante, remplissait de ses piles bien alignées les armoires, dont les ferrures et les charnières étincelaient.

— Tu vois, disait le maître Cormier à sa femme, tu vois... t'as toujours des idées...

— Des idées ! répliquait aigrement la fermière, elle est encore p'us fine mouche que j'craiyais... v'là tout.

Un dimanche, à la grand'messe, le

maître et la maîtresse Cormier tressau-
tèrent sur leurs bancs et se regardèrent,
blêmes d'angoisse, en entendant le curé :

« Il y a promesse de mariage entre le
maître Rigaut du Grand-Retz, fils de, etc.,
d'une part, et Mademoiselle Marie, etc.»

Un remuement se fit dans l'église ; un
chuchotement courut. Les Cormier se
comprenaient le point de mire de tous les
regards ; et si Elisa n'avait pas senti ses
jambes flageoler sous elle, ils seraient
sortis, pour cacher leur honte.

— Eh ben ? glapit Elisa, la messe ter-
minée, eh ben ? la fine mouche, hein ! le
cré-tu, asteure ?... Ah ! Elle a ben mené sa
barque ! Elle l'a allumé, l'vieux saligaud !
et il a ben fallu qu'il passe par la mairie
pour entrer dans la chambre à coucher
de la mâtine !

A la longue, les colères s'apaisèrent.

Les années s'écoulaient et la taille de la
maîtresse Rigaut, au grand désespoir de
son mari, restait inaltérablement svelte.

Le maître Rigaut avait beaucoup vieilli ;
les tempes toutes blanches, sa haute taille
courbée, la face ridée par de cruels sou-
cis, on racontait qu'il demeurait maintenant
des heures au coin de la cheminée, morne,
silencieux, le regard voilé, comme celui
d'un homme que guette la congestion cérébrale.

— Allons, songeait Elisa, les choses
ont mieux tourné que je ne craiyais, le
Grand-Retz sera pour Petit-Louis ; il est
madré, le petit mâtin, et ne quitte plus
son oncle, asteure.

Petit-Louis, en effet, qui avait flairé la
situation, comblait sa tante d'amabilités,
sûr d'empaumer ainsi le bonhomme en
« béraudant » la Solognotte.

— Il l'épousera, pensait Elisa. L'oncle
est vieux, pas mal vêri... Quiens, mais,

c'est pas core tant si bête, c'qui mani-
gance... y s'rait sûr d'avoir la ferme, de
c'te manière-là...

— Mais y n' s'en vante point, quiens ?
disait Cormier avec un gros rire content,
y fait sès coups en d'sous, le mâtin !

— Tu sais ben qu'il a toujours été
comme ça. Il est un brin « haut (*) » comme
défunt mon père. Y n' dit jamais ren, y
garde tout pour li.

— D'ailleurs, y a pas à dire, la Solognotte est ben avec li, y cordent comme
deux amoureux...

Ils cordaient, effectivement. Pourtant
cet avantageux accord se rompit tout à
coup, au grand ennui d'Elisa.

— Dis-mon, la maîtresse, fit Cormier
un matin, la voix hésitante, comme inquiète, dis-mon, m'est avis que Petit-
Louis n'fait pus tant l'faraud d'pis queuque

(*) Fier.

temps. V'là Rigaut qui passe au bout du
pré, si on tâchait d'eul confesser... Y n'en
sait ben sûr p'us long qui veut n'en dire...

— Vois donc s'il a l'air crâne ! remarqua
la fermière sans répondre. Il est quasi dret
comme un piquet, asteure, li qu'était si
hottu, li qu'avait l' dos comme eune fau-
cille, y a seulement six mois... Ah ! ben,
justement y vient par icite !

— I nous dira p't-être pourquoi l' p'tit
gas n'va quasiment p'us au Grand-Retz... Je
ne le vois pu caneter avec la Solognotte,
quand ai tire ses vaches... Y aurait-y d'la
brouille ?

— Quiens ! fit tout à coup la maîtresse
Cormier, mais Rigaut est endimanché ! Un
jour ouvrier ! Ben sûr qu'y a du nouveau !

Le vieux Rigaut traversait la cour d'un
pas alerte de jeune homme. Par dessus sa
redingote de gros drap noir qui passait un
peu, sa blouse des dimanches, luisante,
empesée, violette, ballonnait et bruissait à

13.

chacun de ses mouvements. Le teint haut
en couleur, la couenne rasée de frais, la
mine réjouie, il avait les yeux clairs d'un
faraud tout à fait à la hauteur de ses
affaires.

Il entra d'un pas décidé et cria d'une
voix haute :

— Ben l' bonjou, la compagnie.

— T'es ben biau! mon frère, fit d'un
ton aigre-doux la fermière, tu vas donc
aux noces ?

Rigaut se mit à rire.

— Je parie une pipe de cidre sans ïau
que vous ne devinez pas pourquoué que
je viens icite !

— Parguié, non, fit Cormier.

— Eh ben, mon gas, va nous cri une
bouteille de boubique (*) que j'causions
un brin.

Cormier sortit.

(*) Cidre mousseux fait avec un mélange de poiré et de
pommé.

— Dis-mon, Elisa, sais-tu ben l'âge que j'ai ?

— Dame, je l'sais aussi ben qu'tai.

— Eh ben, comben, voyons ?

Il riait. Et comme Elisa haussait les épaules, sans répondre, inquiète.

— J'vas sû soixante, ma fille, oui, sû soixante, et, vois-tu ben, j'en crains pas un d'trente... Pour ren, entends-tu ben, ma fille, pour ren !

Cormier rentrait avec deux bouteilles. Il remplit les trois verres d'une mousse jaune qui débordait, coulant sur la table.

— Où donc qu'est l'gas Louis ? demanda Rigaut.

— Je n'en sais ren... il est à vau-les-champs. Pourquoi ça ?

— Parce que j'ai quéque chose à y demander... Ben sûr qu'y voudra ben. Ça s'refuse pas, ça... Et pis faut-y pas toujoux mieux mett'e des jeunes, dites...

Le vieux frottait bruyamment l'une contre l'autre ses deux vieilles paumes calleuses, et riait, de son rire narquois, qu'il accompagnait de grandes claques dans le dos de Cormier.

Les Cormier se regardaient, le regardaient, bouche bée, sans comprendre.

Les bouteilles bues, les verres vides, Rigaut se leva, et, s'essuyant la bouche d'un revers de main :

— Eh ben, v'là, quand Petit-Louis rentrera des champs faudra lui dire de v'ni me vouâ, j'ai quèque chose à y demander, quèque chose qui se refuse pas...

Il se dirigea vers la porte, puis s'arrêta, les yeux sur le pavé jaune qu'il tapotait du bout de son pied de frêne, et prononça lentement :

— C'est pour eul prier d'êt' compère (¹), quoi.

— Mais pour qui donc qu'vous faites c'te commission-là? demanda Cormier, ahuri.

(¹) Parrain.

Le vieux demeura un instant silencieux, puis il releva la tète, et, regardant son beau-frère de coin, par la fente de ses petits yeux obliques :

— Pour moué.

— Pour tai ! intervint la fermière, pour tai ! D'pis quand donc que t'as un éfant, tai ?

Rigaut ouvrit ses yeux tout grands, cette fois, et, dardant sur sa sœur un regard triomphant :

— Y n'est pas core là, j'l'ai c'mandé pour dans trois mois...

— La Solognotte est donc... enceinte !

— Mais v'là eune heure que j'te l'dis !

— Enceinte !

— Parguié, oui, enceinte ! Tel que tu m'vois !

Et le vieux Percheron, ses vieilles épaules secouées par une joie narquoise, traversa lentement la cour et ouvrit la barrière. Puis, avant de la refermer, il

tourna la tête et cria, dans le pépiement
des volailles et le fracas des étalons de
l'écurie :

— Faura tout d'même que vous m'di-
siez, à ce souai, si l'p'tit gas veut ben...

Quand Petit-Louis rentra, quelques
heures après, sa mère lui cria :

— Eh ben, mon gas, y n'en arrive de
belles ! Devine qui qui sort d'ici.

— J'sais-t-y, moué, répondit le jeune
homme, avec un geste d'insouciance.

— Ton oncle ! qui vient t'prier d'êt'e
compère. C'te mâtine de Solognotte a
trouvé l'moyen de s'faire faire un éfant !
Ah ! j'sais pas par qui, par exemple. C'est
toujours pas par le père Rigaut ! Mais
tu n'dis ren ?

Petit-Louis, en effet, restait coi, tout
pâle.

— Eh bèn ! c'est tout c'que tu trouves
à dire ! Ça te regarde pourtant plus

qu'nous... Asteure, faut en faire ton deuil
du Grand-Retz, mon pauv'e gas. Ça sera
pour l'éfant à la Solognotte !! Mais qui
qu'c'est qu'a pu y faire ça, qui qu'c'est-y ?
Ai n'bouge tant s'ment pas de la ferme ;
et y n'vient personne. Qui qu'c'est qu'a pu
faire c'coup-là ?

Petit-Louis éclata tout à coup.

— Ah ! non de d'la de nom de d'la !
J'm'attendais-t-y à ça. Faut-y êt'e bourri !
tout d'même ! Non ! mais faut-y êt'e bourri !
Ah ! ben, ai s'est ben foutue de moi, la sar-
chée mâtine ! Ah ! vingt-cinq bonsoirs !
Non ! mais faut-y êt'e bourri !

La maîtresse Cormier crut comprendre.
Elle demanda, suffoquant, la voix étranglée :

— Mais voyons, grand boban, c'est
pourtant pas tai qu'a fait c'te belle ouvrage-
là !

Et déplorable, les bras battants, la tête

basse et la bouche crispée en une grimace
navrée, Petit-Louis murmura, avec accablement :

— Parguié, si, c'est moué !

UNE

QUESTION DE BORNAGE

Une QUESTION de BORNAGE

Il y avait un certain froid, depuis quelque temps, entre l'abbé Ogier, le curé du Haut-Chêne, et Madame Rabot, la directrice des postes, une des personnes, pourtant, les plus pieuses du petit bourg.

Certes, Madame la Directrice n'avait jamais manqué les vêpres, même aux fêtes de « dévotion »; elle communiait régulièrement une dee -douzaine de fois par an, rendait le pain bénit comme il sied, se

montrait généreuse à la quête du dimanche,
et, ce jour-là, fermait implacablement son
guichet, « pendant messe et vêpres », en
dépit des réclamations dont, par pure ta-
quinerie, — car personne ne lui en voulait — l'assaillaient les impies, ceux qui
« n'approchaient pas ».

De ce côté-là, bien sûr, le curé n'avait
rien à dire.

La grosse question qui les divisait, question grave entre toutes, était une question
de bornage.

Derrière le jardin du presbytère, en
bordure de la route d'un côté, et, de
l'autre, en contre-bas du chemin de fer qui
serpente, entre Alençon et Condé, au
fond de la verte et capricieuse vallée de
l'Huisne, l'abbé Ogier possédait un lopin
de terre que deux bornes seulement, une
à chaque bout, séparaient d'un champ ap-
partenant à la directrice des postes. Et
c'étaient, chaque année, à l'époque des la-
bours, jalousement surveillés par les deux

propriétaires, des contestations sans fin,
des discussions interminables, cent fois reprises, à propos du dernier sillon qui faisait le ventre, tantôt à droite, tantôt à gauche de la ligne fictive de démarcation ;
tantôt empiétant sur le bien de Madame
Rabot, tantôt sur le champ du curé.

Longtemps, par estime réciproque et
déférence, ils n'avaient ni l'un ni l'autre
rien dit, reprenant sournoisement, d'une
charrue têtue, le lambeau de sillon mordu
par le soc du voisin. Toutefois, les plus
robustes patiences s'amenuisent, à la fin ;
des explications devinrent nécessaires ;
mais, chacun s'entêtant dans ce qu'il appe-
lait son « bon droit », elles n'aboutirent
pas.

— Pourtant, ma chère dame Rabot,
observait judicieusement le curé, nous ne
pouvons pas avoir raison tous les deux.

— C'est justement ce que je me dis,
répondait la dame.

— Mais, je suis bien sûr...

— Et moi aussi ! interrompait la directrice des postes.

Un jour, pour en finir, le curé, conciliant, proposa de planter une haie.

— Une haie ! répondit vivement Madame Rabot. Voyons, monsieur le curé, vous voulez encore donner du terrain à manger à des arbres ! Vous n'en avez pourtant pas de trop, puisque vous m'en volez.

— Oh ! oh ! voler, le mot est peut-être un peu gros, reprenait le curé.

— Enfin, pour la planter, c'te haie, nous ne nous entendrons jamais sur la limite !...

— C'est pourtant bien simple, insinuait doucement le curé, on n'a qu'à tirer une ligne au cordeau, d'une borne à l'autre !...

— Ha ! ricanait Madame Rabot, je vous y attendais ; une ligne au cordeau d'une borne à l'autre... Pas du tout, faut suivre le « raiage ».

Et, sans se lasser, elle expliquait encore qu'elle avait acheté la moitié du champ, et

que, les deux haies de limites extrêmes
décrivant une courbe, il fallait que la haie
de milieu, également cintrée, leur fût paral-
lèle, faisant le ventre ; suivît le raiage,
quoi.

Naturellement, le curé n'entendait pas
de cette oreille-là.

Et ils se disputaient à coup de détails et
de mots techniques, penchés sur le cadastre,
fiévreux, de plus en plus agressifs, exaspérés réciproquement de la mauvaise foi
et de l'entêtement de la partie adverse.

Une après-midi d'octobre, comme, re-
levé à peine d'un gros rhume qui l'avait
tenu presque une semaine à la chambre,
l'abbé Ogier s'en allait après son déjeuner, profitant d'un joli rayon de soleil qui
mordorait les dernières feuilles de l'automne, déguster son bréviaire sur la route,
dans le calme béat d'une digestion placide, il s'arrêta tout à coup, suffoqué, et
de colère ferma son livre.

— Ah ! cette fois, c'est trop fort !

Mettant à profit, par traîtrise, la bronchite du curé, Madame Rabot avait fait son blé. Le champ, à l'heure actuelle, était hersé presque dans son entier. Et jamais, en vérité, la courbe du sillon-frontière n'avait bombé aussi outrageusement dans le lopin du curé ; jamais le vol n'avait été aussi flagrant.

L'abbé Ogier, couvant sa rancune, resta longtemps, appuyé au fût gris, couturé de crevasses noires, d'un acacia de la route, à se repaître les yeux de ce douloureux spectacle.

— Allons, fit-il, décidé et s'arrachant à sa contemplation irritante, j'emploierai, puisqu'il le faut, puisqu'elle m'y oblige, les grands moyens !

Madame Rabot, Virginie Rabot, avait l'habitude, — vieille habitude qui datait d'une trentaine d'années déjà, — de communier le jour de sa fête.

Elle communiait à la messe de neuf heures, une messe très commode, que l'aumônier d'un château voisin venait dire au Haut-Chêne, l'hiver, quand les châtelains étaient absents.

Lorsque, la veille de la Sainte-Virginie, il eut entendu sa confession, récit bref, toujours le même, quasi stéréotypé — car quels péchés extraordinaires pourrait commettre une directrice des postes, au Haut-Chêne, — l'abbé Ogier, au lieu de chuchoter comme d'habitude : « Terminez le *Confiteor*, ma fille, je vais vous donner l'absolution », l'abbé Ogier huma lentement une prise, se rencogna un peu sur son siège, et articula d'une voix lente, pendant que s'éclairait tout à coup son visage fûté de Normand matois aux yeux rieurs bridés de malice, à la lèvre imperceptiblement gouailleuse :

— Vous n'avez plus rien à dire, ma fille ?

14

— Mais non, mon Père.

— Vous n'avez plus rien à vous repro-
cher ?

— Non.

— Votre conscience est en repos ?

La bonne dame voyait très bien où son
confesseur voulait en venir. Aussi répon-
dit-elle d'un ton un peu agressif :

— Absolument.

— Eh bien, ma fille, je vous engage à
méditer le septième commandement de
Dieu : « Le bien d'autrui tu ne prendras,
ni retiendras à ton escient. »

Et le curé appuya sur ces mots : *à ton
escient.*

Madame Rabot commençait à perdre
patience. Élevant un peu la voix, sans
trop de respect pour le saint tribunal de
la Pénitence, elle demanda :

— C'est-y pour *mon* champ que vous
me dites ça ?

Du tac au tac le curé répondit, sèchement :

— Non, c'est pour le *mien*.

Puis il continua, d'une voix moins dure, un peu railleuse :

— J'ai cherché, comme c'était mon devoir, à vous ouvrir les yeux. Vous n'avez rien voulu entendre. Vous vous révoltez, vous n'écoutez que les mauvais conseils de votre entêtement... Je me vois forcé, ma fille, à mon grand regret, de vous refuser l'absolution.

Un bruit sec ponctua sa phrase. Derrière le grillage du confessionnal, la petite planchette s'était refermée, au nez de Madame Rabot.

Tout interloquée d'abord, furieuse ensuite, la Directrice des Postes se leva, et, à grandes enjambées, sortit de l'église.

— Ah ! par exemple ! Eh bien ! le curé n'aura pas le dernier mot ! Il serait trop content ! Nous verrons bien qui rira le dernier.

La gare était à deux pas. Elle y courut et prit le train pour Mortagne, dont la séparaient à peine vingt minutes de chemin de fer. Deux heures après elle était de retour, dûment munie de l'absolution.

La Sainte-Virginie tombait un jeudi, jour de catéchisme. L'abbé Ogier était précisément en train de commenter la vénialité du « mensonge joyeux », lorsque, comme tintait la messe de neuf heures, Madame Rabot pénétra dans l'église. Elle s'arrêta une seconde, le doigt dans le bénitier, avec le manifeste désir d'être vue, à considérer le curé d'un regard triomphant, puis, remontant l'église par la basse nef de gauche, à petits pas respectueusement étouffés, elle entra dans une chapelle latérale.

Le curé s'arrêta net dans sa glose savante.

— Elle n'aurait pas l'audace de communier, songea-t-il.

Mais, bien vite, il repoussa cette pensée. Personne n'avait pu, puisqu'il n'avait pas de vicaire, lui conférer l'absolution.

— C'est une frime, dit-il, c'est pour me faire « endêver ». Faisons comme si de rien n'était.

Et il reprit le fil de ses arguments, cependant que la messe basse se chuchotait au maître-autel, pour une demi-douzaine de dévotes.

Pourtant, l'abbé Ogier restait distrait. Il ne put même s'empêcher, comme la grille du chœur, fermée tout à coup par l'enfant de chœur, claquait avec un bruit sec au moment de la communion, de se planter de trois quarts pour inspecter ceux qui allaient s'approcher de la Sainte Table.

— Ah! par exemple! celle-là !...

Et il n'acheva pas, stupéfait de ce qu'il voyait.

Madame Rabot s'avançait, très recueillie, les mains jointes et les yeux mi-clos...

— Mais, maugréait le curé, qui lui a donné l'absolution ? Qui ? Qui ?

Toutefois, sa stupéfaction fut de courte

durée ; il devinait le voyage à Mortagne.

— Mes enfants, fit-il tout à coup, inspiré d'une façon heureuse, ouvrez votre catéchisme à la page 123... Nous allons chanter ensemble le cantique : « Seigneur dans ta clémence »...

Et à un coup sec du claquoir, les enfants entonnèrent d'une voix vibrante, pendant que l'abbé Ogier jetait sur Madame Rabot un regard narquois :

> Seigneur, dans ta clémence
> Reçois ce grand pécheur,
> De qui la pénitence
> Touche aujourd'hui le cœur.

Mais Madame Rabot ne broncha pas.

LA CONFESSION

DU MAITRE ROTROU

LA CONFESSION

DU MAITRE ROTROU

———

L'abbé Garnier déclara que la conver-
sion d'un pécheur si notoirement endurci
ferait grand honneur à la mission.

La tiédeur de ses paroissiens désespé-
rait le brave curé de Nizou ; il ne pouvait
s'habituer au vide dominical de son église
dont la grand'messe n'attirait guère qu'une
ou deux douzaines de vieilles en pelisses
d'indienne, qui roulaient leur chapelet
d'un pouce machinal, à moitié endormies
sous leur capuchon.

Aussi tous les ans, vers Pâques, pour secouer l'apathie de ses ouailles, il demandait à l'Évêché un capucin au crâne d'ivoire, aux mains fines et longues que la bure de sa robe faisait plus blanches, le père Alphonse ; lequel, racontaient les gens bien informés, cachait, derrière ce modeste prénom, un des plus vieux et des plus illustres noms de l'armorial de France.

Tous les ans, ses prédications remuaient la contrée. Les paysans se pressaient à l'église comme au spectacle gratuit, s'ébahissaient devant les grands gestes du prédicateur, dont la voix frémissante les remuait comme une musique. Et les « histoires » qu'il sertissait habilement en ses conférences leur tiraient des exclamations admiratives :

— Où qu'c'est donc qui va qu'ri tout ça ? En dit-y ! en dit-y !

Seulement, les madrés Percherons qui aimaient à digérer leur soupe au frais, dans l'ombre reposante de l'église, sor-

taient de là chaque année comme ils étaient
venus : le confessionnal restait désert.

Et l'abbé Garnier se lamentait.

Pourtant, parmi le clan fureteur et
babillard des dévotes qui se chargeaient
de renseigner l'abbé sur les progrès de la
mission, des rumeurs sourdes couraient.
Une des plus galeuses brebis du troupeau
commençait — oui vraiment — à donner
des signes non équivoques de retour à
Dieu. La grâce opérait.

Le maître Rotrou de la Bochardière, un
persévérant ivrogne, l'estomac ferré à
glace comme il disait lui-même, qui n'avait
jamais assez de pommes dans ses champs
pour étancher sa pépie, s'était montré
tout à coup invraisemblablement assidu
aux exercices de la mission. Il arrivait sur
les huit heures, en ribote, naturellement,
suivant son habitude, mais « portant la
toile » comme pas un. Et, les jambes un
peu écartées — tel un marin que le roulis
accompagne à terre — il entrait en tapi-

nois, pétrissant d'une main inquiète son petit chapeau mou, et s'accotait à un pilier du fond, dans l'ombre, immobile, tout ouïe, la bouche ouverte, les yeux écarquillés.

Alors le père Alphonse montait en chaire.

Et, après un vaste signe de croix, qui faisait palpiter ses grandes manches comme un vol de perdrix rouges, il citait quelque texte latin et commençait son sermon.

Pendant l'heure et plus qu'il parlait, le néophyte, calé sur ses jambes torses et noueuses de vieux braconnier, ne soufflait mot, ne « groussait » pas, ne remuait pas un muscle, pétrifié. Puis, quand le prédicateur, après le final « c'est la grâce que je vous souhaite », redescendait les degrés de la chaire sacrée, le maître Rotrou secouait sa torpeur admirative et dans le bruit des chaises remuées, il murmurait en aparté :

—Nom dè d'là ! qu'y parle ben, c'gas-la !

Et sans s'attarder au « salut », dédaignant les cantiques vinaigrés des enfants de Marie et le fracas de l'orgue, qui ronflait un *Tantum ergo*, sans même attendre sa femme et sa fille qui l'espéraient dans leur banc, sous la chaire, il quittait l'église, rentrait dans la nuit, songeur, et remontait le chemin creux de la Bochardière, l'oreille fermée aux gémissements du vent dans la haie bruissante, la tête enfiévrée, répétant de sa voix grasse de vieux videur de pots :

— Nom dè d'là ! qu'y parle ben, tout de même, c'gas·là !

— Il faut tâcher de le conquérir, disait doucement l'abbé Garnier. Sa petite fille qu'il aime beaucoup a commencé notre besogne, et sa femme me disait hier qu'il n'était pas très éloigné de faire ses Pâques.

— C'est dans le domaine du possible, avec l'aide de Dieu, répondait le père

15

Alphonse, en passant sa main de duchesse dans la longue coulée de sa barbe d'or.

— Seulement, reprenait le curé de Nizou, c'est un ivrogne incorrigible. Encore, un ivrogne, c'est beaucoup dire. On ne l'a jamais vu ivre-mort. Il supporte la boisson comme un vrai Percheron qu'il est. Il boit normalement ses cinq pots par jour.

Le père Alphonse sursauta :

— Cinq pots, dix litres ? ce n'est pas possible !

— Oh ! mon révérend père, vous ne savez pas, vous autres Parisiens, vous ne pouvez pas vous imaginer ce que c'est qu'un coffre de Normand, affirma l'abbé, non sans quelque orgueil, peut-être.

— Oui, mais pensez donc ! dix litres ! insista le capucin.

— Eh ! c'est une toute petite moyenne de buveur normand, répondit en souriant le curé de Nizou. Tenez, nous avons ici un homme de journée, le gars Cordier, qui a fait dernièrement le pari avec un marchand de cidre, de vider, à lui tout seul, une *busse* de cidre en un mois. Nos busses tiennent deux cent quatre-vingt-dix pots, soit cinq cent quatre-vingt litres.

— Et bien ?

— Et bien, il y est arrivé.

— Mais, balbutia le capucin, totalement ahuri, c'est matériellement impossible !

— Impossible n'est pas normand, dans ce cas là, répondit gaîment l'abbé Garnier.

Dans l'église où le soir tombe, dans l'église solitaire et silencieuse, le maître Rotrou vient d'entrer d'un pas hésitant. La douce insistance de sa petite fille, tout attendrie encore des ferveurs de la première communion, a fini par triompher des résistances du vieil endurci.

La mission touche à sa fin ; encore quelques jours, quelques heures, et le

père Alphonse va réintégrer son couvent.
Le maître Rotrou est vaincu, il est décidé
à « vider son sac » avant le départ définitif
du capucin. Il a peur des tortures de l'en-
fer dont l'horrifiant tableau, étalé complai-
samment — à son intention, on eût dit —
dans le dernier sermon, hante maintenant
ses nuits. Il n'y tient plus, il veut se mettre
en règle, et le père Alphonse, averti par la
maîtresse Rotrou, l'attend dans son confessionnal.

— Allons, mon brave, je vais vous
aider.

Le maître Rotrou s'est agenouillé, assez
péniblement — il n'en a plus guère l'habitude — sur l'étroite petite marche de
bois. Ses gros souliers ferrés débordent
sous le rideau de serge verte.

. . . .

— Voyons, mon ami, maintenant, il faut
me promettre de ne plus boire, conclut le
capucin.

— P'us boire ! s'exclama tout interloqué le maître Rotrou.

— Quand je dis ne plus boire, il faut s'entendre. Voyons, je serai raisonnable, je connais votre vieille habitude. Il ne faut rien brusquer. Je prends sur moi de faire accepter notre petit arrangement au bon Dieu. Je vais y mettre beaucoup du mien. Seulement, il faut y mettre un peu du vôtre... Eh bien, voyons, je vous permets un pot par jour ..

— Un pot ! fit tout haut le maître Rotrou.

— Oui, un pot. Vous voyez, mon ami, que je fais des concessions... Un pot : deux litres. Un litre par repas... C'est énorme, mais enfin... Il faut faire des concessions...

— Un pot, répète le paysan, l'air ahuri, la voix éclatante. Un pot ! c'est ben un pot qu'vous dites ! Mais c'est-y qu'vous v'lez vous gausser d'moué ?

— Voyons..., voyons !... Eh bien, met-

tons deux pots ! Deux pots ! quatre litres !
Là ! êtes-vous content?... Vous voyez que
je suis raisonnable !

— Raisonnable ! Deux pots ! maugrée
le maître Rotrou qui s'est levé avec indignation, deux pots ! mais y a s'ment pas
d'quoi remplir ma dent creuse.

Le capucin tient bon.

Deux pots, oui, deux pots ; il lui est
impossible de faire plus. Deux pots ! mais
c'est plus qu'il ne boit, lui, pendant tout
un mois.

Le maître Rotrou est sorti, violemment,
du confessionnal. Deux pots ! voyons ! est-
ce qu'on le prend pour un nourrisson !
Pourtant, un regret le tarabuste d'en avoir
tant fait, d'en avoir tant dit, et que ça ne
serve à rien. Il arpente la nef, perplexe,
éveillant de ses piétinements les échos de
la voûte sonore. Dans l'ombre, derrière la
grille, le capucin l'observe, et attend.

Tout à coup, le paysan se décide ; une
enjambée le rapproche du confessionnal,

il colle au grillage de la porte sa bonne
face rubiconde et enluminée, et la voix
confuse, le ton radouci, il murmure :

— Eh ben, là, voyons, v'lez-vous
quat'pots ? Oui, quat'pots, et j'allons
toper !

Le capucin voit là victoire proche. Il
sent que l'hésitant est à lui, il tient ferme,
inflexible.

— Non, mon ami, non, c'est deux pots
que je vous ai dit, pas un de plus.

— Deux pots! rugit le maître Rotrou
définitivement repris par la colère. Deux
pots! jamais d'la vie !

A grands pas, cette fois, il descend la
grand'nef pour ne plus revenir.

— Deux pots! Deux pots! y s'fout du
monde c'capucin-là.

Et bruyamment, avec un roulement de
tonnerre longtemps répercuté par l'écho
des nefs, la petite porte basse, découpée
dans le grand portail de l'église, se referma
sur le maître Rotrou.

(*) Lorsque cette nouvelle parut, dans le *Monde illustré*, le journal reçut, de divers côtés, un certain nombre de lettres où cette anecdote était traitée de simple gasconnade. Bien que certain de ses documents, l'auteur, un peu ébranlé néanmoins par les doutes multiples et persistants de ses correspondants, a écrit à l'un des plus importants fonctionnaires de Nizou pour lui demander confirmation de ses renseignements. Il profite de la publication en volume de la *Confession du maître Rotrou* pour donner connaissance aux sceptiques de la lettre péremptoirement concluante qu'il a reçue à ce sujet et que voici :

« Mon cher ami,

« Je me suis fait raconter à nouveau la prouesse de notre Gargantua. C'est une de ces pièces dites *busses* qu'il a soulagée de son contenu. Les marchands d'eau-de-vie en gros reçoivent dans ces pièces leurs trois-six et leurs vins d'Espagne. Une « busse » contient *dans les* 580 litres soit : 290 pots. Le pot est de deux litres comme vous savez.

« La busse en question contenait du cidre très *dur* (acide, ou plutôt ayant goût de vinaigre, ce qui arrive quand la cave est mauvaise, ou le fût trop longtemps en *évidange*). Les gens de la maison (dans ce temps là on ne *brûlait* pas comme depuis quelques années les cidres durs et les lies) l'avaient abandonnée au gars Cordier, qui avait entrepris le cassage d'une corde de bois au *marchandage*. La busse était précisément en chantier sous le hangar où travaillait Cordier. Quoique au marchandage il ne fut pas avantageux à casser sa corde. Il était en permanence sous le hangar, mais ne travaillait que par *boutées*. Il mit près d'un mois à vider la busse (580 litres, plus de 19 litres par jour). La légende dit : *une semaine ;* ici on le croit ; ailleurs, il est évident que le fait paraîtrait hyperbolique.

« Cordier est un *faimvayer : il* mange à proportion. Jamais saoûl, mais toujours plein. On ne le voit jamais tanguer ni rendre, autrement que par les voies naturelles. A la grande confusion des manuels de tempérance, il faut dire qu'il n'est jamais malade. Un jour cependant il dit à quelqu'un qui le rencontrait : « Je retourne à la maison. J'ai travaillé deux heures, mais *a fallu* dêt ler. »

. . . .

« Les exemples abondent. Vous n'avez pas été sans connaître Le M... Le M... se verse une pinte de cidre dans l'estomac et l'ingurgite d'une seule haleine. Cela ne lui demande qu'un simple mouvement de la *queno'le*, ou « avaloir ». Il verse le liquide comme dans un trou de taupe, et cela imite le bruit de gamme chromatique ascendante d'un vase qui se remplit jusqu'à l'orifice »...

. . . .

A

LA POINTE DE BARFLEUR

A la POINTE de BARFLEUR

A la tour massive de Barfleur, trois heures sonnent, un peu enrouées. Le long du quai, les bisquines appareillent pour la pêche au congre. L'un après l'autre, les pêcheurs, couchés au long de la jetée, la nuque sur un oreiller de câbles, la longue visière du « suroué » sur les yeux, se lèvent, avec des gestes lents qui se détirent, et rejoignent leurs bateaux.

Les paniers, emplis de l'enroulement

des lignes brunes armées de leurs énormes
hameçons blancs, s'empilent dans l'entre-
pont ; le taille-vent et la misaine, dont le
mousse borde l'écoute, pendent à leur
mât, mal gonflées encore, le beaupré
glisse dans sa boucle. Les barques dé-
marrent sans hâte, le cap sur le large, et,
lentement, s'engagent dans les passes,
poussées par un « noroué » qui va fraîchir.

— Comme châ, me dit Leclec, le patron
de *Fleur-de-Marie*, vous êtes ben décidé
à veni pêquer ové nous ?

Je réponds en sautant sur le pont.

— Eh bié, Ernest, largue l'amarre, fait
le patron.

Les pêcheurs, sans se hâter, hissent les
voiles qui claquent avec un grand bruit,
et hâlent sur les drisses qui se tendent,
dans un grincement rhythmique de poulies.

Et *Fleur-de-Marie* sort lentement du
petit port. Elle a d'abord serré le vent pour

franchir les passes, se cabrant par à coups brusques sur les lames qui la prennent de bout, se brisent sur l'avant et nous douchent; puis elle cingle franchement vers l'est et se *couche sous la brise* ; son bordage de tribord rase la crête des petites vagues chuchoteuses qui clapotent le long de la coque, tout doucement.

Elle file maintenant grand largue.

Les écoutes bordées, les drisses bien tendues, nos cinq matelots laissent courir ; et, silencieusement, allongés sur le petit pont, fument leurs pipes noires. Pour bourrer la sienne, Leclerc me passe un instant la barre. Mais, comme un pur sang qui sent que ses rênes ont changé de poignet et cherche á gagner à la main, *Fleur-de-Marie* a fait un écart du côté du vent, ses voiles ont frémi et sa coque s'est redressée.

— Vous ez trop lofé... arrivez... arrivez... la barre sû vous... Lô... ch'est châ!... Pou' qu'o file son allure, faut qu'o s'couche sû la lame. Quand olle est à son point, o n'en bouge p'us... Quittez-la, asteure !... Un fier batet, allez, monsieur, et joli canot à la mé et matelot comme pas un. Pas vrai, Ernest, y en a pas un comme cha ichin ?...

Ernest (quel nom pour ce Vercingétorix puissant, aux yeux pers, à la moustache rousse tombante) tira sa pipe de sa bouche.

— Vê, fit-il avec un signe de tête.

Comme la bisquine « rangeait », pour prendre le vent, la Pointe-aux-Moines, je montrai de l'œil, sans rien dire, la silhouette immobile d'une femme qui se profilait, ses jupes collées aux jambes par la brise, le regard rivé sur la mer.

Leclerc hocha la tête.

— Vê, fit-il tristement, la Jeanne ? vous ez bien su son histoire. V'lo deux mois que son homme s'est perdu dans le raz ové son mousse. On n'a rien retrouvé. O veut pas croire qu'y sait mort. O dit qu'y reviendra...

qu'un coup d'tabac l'a p't'être d'rivé sû les
îles... Et o l'attend...

La Jeanne ne fut bientôt plus qu'un point
quasi imperceptible.

Le temps était splendide. Derrière
nous, semblant s'adosser aux collines
bleues de l'horizon, le petit pâté de maisons
de Barfleur ne s'estompait déjà plus que
comme une tache grise, qui se fondait
avec les verdures, insensiblement. La
ligne jaune des grèves, tachetée de roux
par les roches goémonées qui crénelaient
la côte, s'amincissait vers le sud ; à
gauche, le phare de Gateville s'effilait, et
la mer, très calme, faisait paraître plus
agitée la ligne du raz, éternellement mou-
tonnante. Au-dessus de nous, glissait le
vol blanc des mouettes et des gobe-
harengs ; des nuages dorés couraient vers
l'ouest, dessinant les formes les plus fan-
tastiques.

— Regardez donc celle-là, fis-je au

patron, la main tendue vers une nuée, ne dirait-on pas un lapin qui joue du tambour ?

— Ah ! monsieur ! gémit Leclerc, l'air désespéré. Ah ! v'là qu'est donc pas ben parlo ! Ah ! qu'j'avons donc pas d'chance, que vous é dit châ ?

Les cinq matelots maugréaient entre leurs dents avec un effroi grognon que je ne comprenais pas du tout. Leclerc m'expliqua qu'il ne fallait jamais prononcer le nom de l'animal dont j'avais parlé ; que, grâce à mon imprudence, leur pêche était finie, maintenant ; qu'ils ne prendraient rien, absolument rien. Un moment, dans leur patois inintelligible, où tous les *é* deviennent des *o*, les *ch* des *tch* ou des *k* (ils prononcent *cat* et *tchien*) les *ci* des *chin* (*celui-ci* devient *c'tichin*), ils agitèrent la question du retour immédiat. Confus, je demeurais interloqué, avec l'appréhension de marcher à nouveau sur quelque autre fétiche.

Le soir tombait, Barfleur n'était plus qu'une ligne à l'horizon, imprécise et violâtre. Poussée par la brise fraîchissante, *Fleur-de-Marie* bondissait sur les houles énormes qui creusaient tout à coup des vallées où la bisquine semblait vouloir disparaître, et brisaient sur l'étrave leurs lames formidables dont l'écume fouettait en rafales par dessus bord, roulant, sans les pénétrer, sur le « suroué » et la capote cirée des pêcheurs, mais imbibant mes vêtements comme une éponge.

Leclerc, assez peu loquace d'habitude, était, depuis mon malencontreux lapin, d'un mutisme complet. Il regardait à l'horizon, du côté du vent, avec persistance ; et je crus lire comme une inquiétude dans son œil clair.

— Que regardez vous donc-là, demandai-je, redoutez-vous un grain ?

Il fut longtemps sans me répondre, visiblement préoccupé, enfin il murmura :

— Un grain, c'est pas gênant, un coup

de tabac, ch'est vite passo : on amène les
vèles et y a pus d'danger... Non, mais
l'soleil s'couche bié ma !

— Que craignez-vous donc ?

— C'qu'y a de p'us à craindre pour
nous autres, la breume... Dame, quand
cha brouillasse, on perd ses mers (*) et si
l'vent vous pousse en d'rive, on peut
s'trouvo sû la route d'un « transantique ».

— Mais les feux ?...

— Les feux ! j'ai vu des breumes où là
que j'chais l'on n'vaiyait seulement pas
l'fanal de l'avant.

Il se tut encore, puis, au bout d'un quart
d'heure, il reprit, comme s'il continuait
sans interruption :

— Eh bié ! c'te nuit, pour sûr y aura de
la breume, mais... y aura pas d' pesson !

La nuit est tombée.

Là-bas, tout là-bas, dans le sud-ouest,

(*) Point de repère,

le phare de Gateville, dont le feu tournant
projette ses rayons vingt-cinq mille au
large, vient de s'allumer ; à l'est sort de
l'horizon une lune, rouge brique, déme-
surément grossie par le brouillard.

Enfin nous sommes arrivés, l'équipage
appâte, tend les cordes. Il n'y a plus qu'à
attendre. Attendre quatre ou cinq heures
sur ce bateau qui roule effroyablement ; ce
qui me contraint, empaqueté contre la
brume et le froid qui augmente, dans mes
couvertures insuffisantes, de me crampon-
ner de toutes mes forces à la barre de fer
du livre-lof, pour n'être pas vidé par-dessus bord. Les marins dorment, sauf la
vigie de l'avant et le patron à l'arrière,
muet, l'œil fixe, buvant de temps à autre
une lampée de rhum pour se réchauffer.
Quel roulis ! Mes mains raidies lâchent
parfois la barre de fer, et à deux reprises
la poigne solide de Leclerc m'a repêché à
temps. Sans rien dire, il finit par m'amar-

rer solidement au banc de quart. J'aurais
fini par leur fausser compagnie.

La brume s'est insensiblement épaissie.
On ne se voit pas d'un bout de la barque
à l'autre : neuf mètres en tout. Un matelot
corne sans discontinuer ; et, à ce beugle-
ment rauque, assourdis par les lointains,
d'autres beuglements répondent, lamentables.

Tout à coup, une insoutenable lueur
rouge m'aveugle, une sorte de muraille
noire, gigantesque, s'est dressée à bâbord,
un bruit d'écluse, formidable comme le
meuglement d'un ouragan, m'étourdit.
Leclerc me fait signe de m'arcbouter
contre le bordage, car la bisquine, secouée,
on eût dit, par le remous d'un maelstroom,
embarque d'énormes paquets de mer qui
réveillent en sursaut les dormeurs. Ernest,
toujours calme, s'installe à la pompe et les
autres reprennent leur somme. Le patron
m'explique que ce « transantique » a passé
à dix brasses de nous.

— Dix braches de p'us, j'étions dans sa route, il nous coupait en deux. Hé ! c'est pas toutes les nuits drôle, la pêque au congre. Allons, autant hâler asteure su' les cordes... Pour ce que j'allons prendre...

Tout le monde est à son poste.

— Oh ! hisse !... Oh ! hisse !...

Les cinq matelots, le patron et le mousse tirent de toutes leurs forces.

— Allons, chouque ! matelots... Mâtin ! y a donc du pesson qu' ch'est si dur ?

Y en a, en effet, à croire que le lapin est un porte-veine ; des congres de deux mètres, dont les coups de queue fouettent violemment le pont, des rats à gueule de squale, terribles avec leurs mâchoires aux dents aiguës, des raies, des roussettes, des chiens de mer, mais des congres surtout, de beaux congres bleus au ventre d'argent qui, formidables serpents, s'entassent et grouillent dans les deux « tires » d'arrière tout ensanglantées.

La brume se dissout lentement ; la lune,

encore énorme, mais jaune citron maintenant, éclaire le brouillard d'une lueur
ocreuse, étrange.

— Oh ! hisse ! Oh ! hisse !

Décidément, c'est une pêche miraculeuse. Leclerc avoue qu'il n'a jamais été
aussi heureux. Son air renfrogné se décrispe.
Je ne peux m'empêcher de lui dire :

— Et bien, vous voyez que *ça* n'y fait
rien !

Pourtant obstinément sceptique, il hoché
la tête sans répondre.

— Hardi ! les gas, chouque ! Ah ! hisse !
Ah ! hisse !

Le pont rutile sous la lune, le sang des
chiens de mer rigole sur le plancher et
s'étale en flaques épaisses où glissent les
gros souliers ferrés des marins. Réconforté
d'un verre de rhum, pris par l'intérêt
croissant de la pêche, j'ai fini par secouer
l'ankylose du froid nocturne et je me rai-
dis contre l'insupportable et nauséeux roulis... La brume s'est décidément évaporée,

la lune a conquis le ciel, d'un beau bleu foncé maintenant, piqué d'étoiles. Vers l'est, la mer verdit ; dans la transparence du ciel qui s'éclaircit, l'aube s'annonce.

Les matelots halent toujours sur leurs cordes, visiblement à bout de forces.

— Hardi ! mollis pas, garçons, commanda le patron, nous v'la é bout... Mâtin ! y a donc un marsouin à c'tichin...

La dernière corde, en effet, se laisse venir très difficilement, petit à petit, Les premiers hameçons apportent des congres énormes, mais les derniers semblent soudés au fond, évidemment retenus par une proie démesurée.

— Qu'o qu' ch'est bié que cha ! gronde Leclerc, cha n' fouette po, et pourtant ch'est bié lourd... Hardi ! matelots, allons, chouque !

Voici l'avant-dernier hameçon dans la barque ; décidément, c'est au dernier qu'est le poids. Enfin une masse sombre apparaît entre deux eaux...c'est un cadavre

16

hideusement gonflé, mais reconnaissable encore.

— L'homme à la Jeanne, murmure Leclerc, d'une voix étranglée.

Et tous se signent.

. . . .

Le retour fut silencieux. *Fleur-de-Marie* filait d'une belle allure ; et, derrière, le cadavre que les marins n'avaient ni osé décrocher de son hameçon, ni haler à bord, naviguait à la « r'mouque », dans les bouillons du sillage. Leclerc, sombre, me regardait en dessous, d'un œil torve, songeant à sa pêche miraculeuse que personne à Barfleur ne voudrait acheter.

Et moi, je pensais à la « Jeanne », à la pauvre femme qu'on ne verrait plus désormais à la Pointe aux Moines, le regard rivé à la mer, un espoir tenace au cœur...

LA SACOCHE

LA SACOCHE

Sur la route, la belle route blanche dont
la pluie venait d'abattre la poussière et de
reverdir les bernes, la belle route percheronne bordée d'herbages immenses où les
grands bœufs nonchalants vous regardent
passer, avec des meuglements doux, le
muffle appuyé sur les limandes, le maître
Jouvin se hâte vers le bourg voisin, sorti
à pointe d'aube, laissant aux soins du frère
Louis, sa petite ferme, déjà éveillée au

16.

travail. La mine guillerette et le pas régu-
lier, le dos rond sous la blouse des dimanches que gonfle la brise matinale, le paysan se dépêche pour arriver de bonne
heure à l'étude de M⁰ Robbe, le notaire de
Mauves. La vieille sacoche en cuir lassé
par des ans et des ans de bons services,
la vieille sacoche qui lui pèse à l'épaule,
sous la blouse bouffante, recèle en son
gousset mal clos par un fermoir paresseux,
les dix mille francs qu'il porte au notaire
et qui vont rendre, enfin ! les frères Jouvin
propriétaires de l'herbage de la Saulaie,
convoité depuis plus de dix ans.

Voilà deux heures qu'il marche, la route
est longue ; enfin, il voit, à un coude subit
du chemin, dans une coulée des Buttes-
Saint-Georges, luisant sous le soleil dans
la verdure, les premiers toits de Mauves.
La maison du notaire, à l'entrée du village,
il l'aperçoit déjà : les panonceaux flambent
sous le soleil. Dans la rue calme qui monte,
large et poudreuse, personne. Les femmes

dans leur cuisine, les hommes aux champs. Par la tranquillité limpide du matin, le tombereau du boueux qui met un peu de vie dans le village assoupi, descend la route, cahotant sur ses essieux, au pas nonchalant du vieux cheval qui dort presque dans les brancards. Au bas de la côte, il se croise avec le maître Jouvin.

Un peu las, le fermier gravit à pas ralentis la pente raide qui monte au petit bourg, le regard distrait par le miroitement de la rivière qui se tortille sous les saules du val, au pied d'un éboulement de futaies, bordée de prés verts où ruminent des bœufs blancs et roux, accroupis par groupes immobiles, l'air boudeur.

— V'la du bon pré et des belles bêtes ! murmure avec envie le paysan.

Et il s'attarde dans sa contemplation, supputant le prix du bétail et des terres. Pas de bruit. L'air est si pur qu'on distingue jusqu'au moindre détail et qu'on entend, sans en perdre une note, la chanson traînarde d'un valet de charrue qui laboure au flanc du côteau, là-bas, de l'autre côté de la vallée. Des fermes s'entrevoient, çà et là, grises dans le vert des arbres avec des poules « accouflées » sur le bas de porte des écuries. Des coqs chantent, des abois de chiens se répondent dans les lointains. Le cahotement continu de la voiture du boueux tic-tac toujours distinct et clair, malgré l'éloignement, assourdi seulement et comme cotonneux lorsque des hérissements de frondaisons s'interposent.

Lentement, le maître Jouvin reprit sa marche, mais, comme il allait sonner à la porte du notaire, il blêmit soudain. A demi suffoqué d'angoisse, il dut s'accoter au mur. Il n'avait plus sa sacoche...

Il fallait bien se rendre à l'évidence. Le maître Jouvin avait perdu sa sacoche.

Le maître Jouvin était un homme pratique. Il réfléchit ; il n'avait rencontré personne sur la route ; il ne devait raconter sa mésaventure à personne, pour conserver quelque chance de rentrer dans son bien. Il revint donc sur ses pas et lentement, minutieusement, brin d'herbe à brin d'herbe, pierre à pierre, il scruta la route, de ses regards fouilleurs.

Tout en cherchant, il songeait : La sacoche était soutenue à son flanc par une lanière en cuir, bien vieille, qu'il avait dû, le matin, consolider avec des ficelles. Le cuir avait cédé, c'était certain, et entraînée par son poids, quatre mille francs en or, la sacoche était tombée. Pourtant, la chute aurait dû faire du bruit, comment le tintement des louis ne l'avait-il pas averti ? Elle avait dû tomber dans l'herbe des bords de la route. L'herbe haute, non fauchée encore par le cantonnier, aura sans doute amorti le choc. Il était donc à moitié endormi, ou quasiment fou, quand le malheur était arrivé.

— Bon sang de bonsoir !

Un détail lui revint. Il s'était assis un moment, sur une « levée », pour se reposer. L'herbe épaisse du tertre avait tenté sa fatigue..... C'était là, parbleu, que, sa lanière brisée, la sacoche avait glissé, au revers, tout doucement, jusque dans le fossé gazonné. Il la retrouverait là.

Elle n'y était pas. Elle n'y était plus. Sa trace se devinait encore dans le froissement du gazon. Quelqu'un était venu, l'avait prise, quéqu'brigand dont il releva la piste fraîche parmi l'herbe écrasée.

Sans passer par l'étude, le maître Jouvin s'en fut quérir le tambour de ville pour lui faire « battre » la précieuse sacoche, promettant, à qui la rapporterait, une énorme récompense, « deux mille francs, peut-êt' plus ! » propos alléchant que le tambour reçut l'ordre de répéter — non pas comme une annonce officielle — mais en causant

avec l'un, avec l'autre, vous savez ben,
comme ça,

Sa mésaventure défrayait les conversations du petit bourg. C'était jour de
marché, et colportée de bouche en bouche, l'histoire, dès le soir, avait fait le
tour du pays.

Mêmeil rentra chez lui, conter l'histoire,
ressassant les détails, cent fois, à son
frère épouvanté, qui ne risqua cependant
aucun reproche. Seulement, après le repas du soir, tandis que le maître Jouvin,
qui n'avait rien pu avaler, dormait un sommeil coupé de cauchemars, le gars Louis
partait pour Mauves, à grandes enjambées.

.Le lendemain, dès l'aube, le gars Louis
vint secouer son frère :

— Comben que j'y baillerons, à c'ti-là
qui nous la fait r'trouver ?

— La sacoche ! Tu sais où qu'elle est ?

— Là, là, tout bellement, j'demande

seulement comben qu'y faudra donner?

— Cent pistoles (*), oui cent pistoles, je le dis ben !

— Cent pistoles, c'est trébin... enfin, tu sais ben c'qui faut, tai... Ecoute.

Et le gars Louis raconta que, la veille, au café, il s'était laissé dire que le boueux de Mauves avait ramassé sur la route une vieille sacoche en cuir qu'il avait jetée dans son tombereau sans même regarder ce que c'était. Ça pourrait ben être notre affaire.

— Où qui demeure?

— Là-bas dans la vallée, à deux bonnes portées de fusil d'ici.

— Allons-y, Louis. Ah! nom de d'la, si c'est notre sacoche, ben sûr que j'y donnerai ben une pièce de huit cents francs pour sa peine au gars boueux! Ah! nom de d'la !

_____

(*) La pistole normande vaut dix francs.

Sur la route pourtant, il réfléchissait, allongeant le pas, talonné par l'espoir.

— Sais-tu ben, fit tout à coup son compagnon, que le boueux est core ben honnête, car enfin notre argent, il est en billets et en louis d'or... si n'avait ren dit, qui qu'c'est qu'aurait pu prouver que c'était à nous.

— Ben sûr que ça vaut une récompense, répondit-il, avec un soupir. Ben sûr que faut y donner quéque chose pour la peine...

— Ça vaut toujours ben... une pièce de deux ou trois cents francs...

— Ben sûr ! j'peux pas aller à l'encontre.

— Tiens ! v'la sa chaumine, là-bas, au pied du bois. I'n's'attend pas à notre visite.

— Ah ! ça va être une bonne affaire pour lui, mais c'qu'est dit est dit, je ne m'en dédis pas, pour une pièce ed'cent francs, j'en verrai la farce, quoi ! ah ! il le mérite ben. Ça vaut ben ça.

17

— Ben sûr, répondit l'autre.

Assis sur un banc de bois, le dos au soleil, le bonhomme les regardait venir.

— Une vieille sacoche, dit-il tout de suite. Tenez, la v'la.

Il ne l'avait pas ouverte, il ne savait pas ce qu'elle contenait ; telle qu'il l'avait ramassée sur la route en rentrant, sans plus s'inquiéter de sa trouvaille, il l'avait jetée sur son tombereau.

La sacoche, du reste, portait les traces de ce dédain. Elle gisait à terre, lamentable, toute maculée de boue.

Fiévreusement, le maître Jouvin l'ouvrit, feuilleta la liasse de billets, compta les pièces d'or, pas un louis ne manquait à l'appel. Alors il éclata :

— En v'là un sagouin ! en v'là un sans-soin ! C'est-y torché ! C'est-y propre. R'garde-moi ça, gars Louis. On ne sait tant s'ment pas par quel bout la prendre...

Le vieux, timidement, essaya de s'excuser. Il ne savait pas, il la croyait vide, sans importance, de rebut !

Mais plus le bonhomme s'humiliait, plus montait la colère du paysan.

— En v'là-t'y un sagouin !

— Ben sûr ! dit le frère.

— Quiens ! allons-nou -en, gars Louis, la colère me prend, j'y dirai des sottises à ce vieux saligaud -là !

Et ils partirent.

FIN

TABLE DES MATIÈRES

5485. — ABBEVILLE, TYP ET STÉR. A. RETAUX. — 1891.

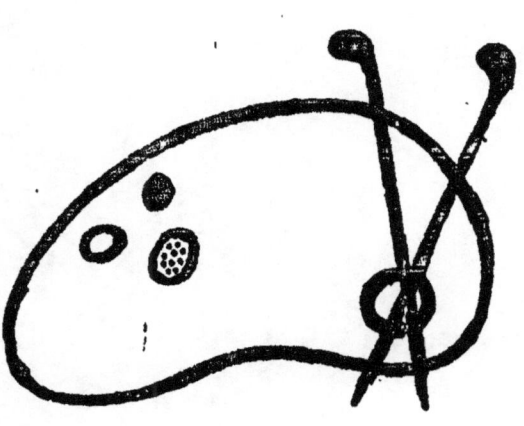

Original en couleur

NF Z 43-120-8

www.ingramcontent.com/pod-product-compliance
Lightning Source LLC
Chambersburg PA
CBHW071857020726
47502CB00003B/783